비츄 현대 판타지 장편소설
WISHBOOKS MODERN FANTASY STORY

레벨업 어게인

LEVELUP
AGAIN

비츄 현대 판타지 장편소설

초판 1쇄 찍은 날 | 2017년 7월 14일
초판 1쇄 펴낸 날 | 2017년 7월 21일

지은이 | 비츄
펴낸이 | 예경원

기획 | 위시북스
편집책임 | 박우진
편집 | 이즈플러스

펴낸곳 | 예원북스
등록번호 | 제396-2012-000132호
등록일자 | 2012. 7. 25
KFN | 제1-126호

주소 | 경기도 고양시 일산동구 호수로 646-24 위너스21 II 빌딩 206A호 (우)10401
전화 | 031-819-9431 팩스 | 031-817-9432
E-mail | yewonbooks@naver.com

ISBN 979-11-6098-379-1 04810
      979-11-5845-304-6 (set)

비츄 현대 판타지 장편소설
WISHBOOKS MODERN FANTASY STORY

레벨업 어게인

LEVELUP AGAIN

어게인

8

Wish Books

CONTENTS

1장
마지막 자질 (하)

신희현은 똑똑히 봤다.

'3초만 버티면 된다.'

지금 불 밖에서 기척이 느껴진다. 불길이 너무나 강렬하여 정확하게 느껴지지는 않지만 최소 1명 이상의 기척이다.

'곧 온다.'

시간이 다 되었다.

'소환사의 비술.'

소환사의 비술 페널티가 해제되었다.

하루에 단 한 번 사용이 가능했지만 이제는 아니다. 원하는 때에 아무 때에나 사용할 수 있다.

소환사의 비술을 사용하여.

'라이나 소환.'

라이나 소환 스킬을 사용했다.

[스킬, 라이나 소환을 사용합니다.]

순간, 임찬영은 눈을 감았다. 눈이 멀어버리는 것 같았다.
신희현의 몸이 휘청거렸다.

[라이나의 의지가 플레이어를 보호합니다.]

여유 시간은 끝났지만 신희현과 임찬영 모두 라이나에 의
해 보호를 받게 됐다.

신희현은 중심을 잡지 못하고 결국 넘어지고 말았다.

'아…… 이거…… 확실히…….'

잠깐 소환했을 뿐인데 몸이 버텨주질 못했다. 근육을 쓰지
도 않았는데 온몸의 근육이 비명을 질러댔다. 머리와 심장이
동시에 터져 나갈 것 같은 커다란 압박감에 괴로웠다.

'라이나가 아무런 말도 하지 않고 있다.'

모습도 제대로 보이지 않는다. 아마도 라이나가 자의적인
판단을 통해 힘을 최소화해서 모습을 드러낸 것 같다.

'생각해 보면 꽤…….'

라이나도 꽤 자비로운 구석이 있는 것 같았다.

시야가 흐려졌다.

'마력 소모를 최소화하기 위해 내게 말도 걸지 않는…….'

그 수다쟁이(?) 여신이…….

라는 생각과 함께 신희현은 정신을 잃었다.

"오빠!"

그와 동시에 신희아가 불 속으로 뛰어들었고.

"희현이 형!"

과거 희대의 폭군이라 불렸던 강유석도 불 속으로 몸을 던졌다.

신희현은 정신이 아득해지는 가운데 어렴풋이 알림을 들을 수 있었다.

[마지막 자질을 확인하였습니다.]

[심판의 불꽃이 플레이어를 인정합니다.]

그리고 시간이 흘렀다.

신희현은 기분 좋은 냄새를 맡았다.

'민영이?'

강민영의 샴푸 냄새 그리고 살 냄새.

그 두 냄새는 신희현이 정말 좋아하는 냄새였다.

'꿈인가.'

민영이의 살 내음이 느껴졌다. 코를 킁킁거렸다.

역시, 이 냄새는 민영이다.

'나는 지금…….'

누워 있는 것 같은데.

'눈이 떠지지가 않아.'

꿈인지 아닌지 구별이 제대로 되지 않았다.

'라이나를 소환했던 건 기억나는데.'

라이나의 본체는 보지도 못했지만.

하여튼 그러고 나서 그 거대한 힘을 육체가 감당하지 못하고 쓰러졌다.

라이나의 말을 빌리면 '3초면 번 아웃'이라고 했는데 라이나가 배려한 덕분에 4초 정도는 버틴 것 같았다.

그렇게 배려해서 얻어낸 시간이 겨우 1초 정도밖에 안 된다는 것이 슬프다면 슬픈 일이지만.

어렴풋이 목소리가 들려왔다.

"오빠."

민영이의 목소리 같은데. 정말 꿈이 아닌가.

"오빠."

이건 내가 사랑하는 민영이 목소리가 틀림없는데.

"오빠."

일어나야 하는데.

"오빠!"

신희현이 눈을 번쩍 떴다. 재빠르게 몸을 일으켰다. 그러다가 실수인지 반쯤 고의인지 강민영과 부딪쳤다. 하필이면 입술과 입술이 부딪쳤다. 사고인지 아닌지는 신희현만 알 노릇이지만. 강민영의 얼굴이 붉게 물들었다.

"민영이 너…… 여기로 왔어?"

신희현은 상황을 파악할 수 있었다.

클리어는 진행됐고 지금은 '아호'로 복귀했다. 그리고 아마 강민영은 스카일을 빌렸든 캡틴에게 사정을 했든 자신의 옆으로 이동한 것 같았다.

강민영은 어미를 잃어버린 고양이처럼 애처로운 모양새로 '흐아앙!' 하고 울음을 터뜨렸다.

플레이어들은 짐짓 모른 체했다.

'불의 법관이…….'

그 유명한 불의 법관도 역시 여자였다. 아니, 엄청나게 아름답다는 건 알았지만 저런 모습이 있는 줄은 몰랐다.

'불의 법관에게 저런 모습도 있었구나.'

신희현은 플레이어들의 시선이 느껴졌다.

신희현과 강민영을 배려해서 이쪽을 안 보려고 노력하고는 있는데.

'이놈들이 누굴 쳐다봐?'

문득 짜증이 치밀어 올랐다.

맘 같아선 '이것들이 확! 다 눈 안 깔아!'라고 외치고 싶었지만 그럴 수는 없었다. 명색이 빛의 성웅 아닌가.

그래서 차선책을 선택했다.

"소환사의 비술."

"……응?"

강민영은 고개를 갸웃했다.

갑자기 소환사의 비술이라니?

"마틴 소환."

"……갑자기 왜 그래?"

"소환사의 비술."

강민영은 신희현이 갑자기 왜 이러는지 알 수 없었다.

"소환사의 비술."

"……오빠?"

왜긴 왜냐. 내 자기 우는 모습, 나만 보려고 그러지. 딴 놈들이 힐끔거리는 거 짜증 난다고!

그 말은 하지 않았다.

"루시아 소환."

강민영은 전투를 준비할 뻔했다.

마틴과 루시아를 소환했다. 그렇다면 배 안에 뭔가 나타난 걸지도 모른다.

신희현도 그걸 눈치챘다.

"민영이 너는 가만히 있어."

몬스터가 많이 나타났다. 저 시커먼 늑대들 말이다.

예쁜 강민영을 훔쳐보는 저 썩은 동태눈깔(신희현만 그렇게 느끼는 것일지도 모른다.)을 가진 수컷 몬스터들로부터 가련한(심지어 불의 법관이다.) 여자 친구를 지켜야만 했다.

소환사의 비술, 라비트 소환.

소환사의 비술, 원더.

소환사의 비술, 피닉스.

영체화 상태의 엘렌은 황당해졌다.

'이러려고 소환사의 비술에 칭호 효과를 적용하신 겁니까?'

소환사의 비술을 이렇게 유용하게 쓸 줄이야.

소환 영령들이 신희현과 강민영 주위를 둘러쌌다.

특히나 루시아 같은 경우는.

"오빠 여자의 눈물을 훔쳐보는 놈들은 눈깔을 파버리겠습니다."

라고 단호하게 얘기하는 기염을 토하기도 했다.

그제서야 강민영은 알 수 있었다.

'나를 배려해 주고 있는 거야.'

그런데 너무 좋게 해석했다. '내가 창피할까 봐. 다른 사람들이 보지 못하게. 배려해 주는 거야'라고 좋게 생각했다. 사실 배려가 아니라 질투에 가까웠지만, 하여튼 꿈보다는 해몽이 좋았다.

엘렌도 영체화 상태를 풀고 모습을 드러냈다.

그러라고 익힌 소환사의 비술이 아니지 않습니까.

하고 따지는 대신, 그녀 역시 원에 섰다. 신희현이 시키지도 않았는데 말이다.

강민영은 신희현과 제법 감격적인(?) 재회를 했고, 신희현은 임찬영과 신희아, 그리고 강유석에게 진심으로 감사하다 말했다.

임찬영은 손사래를 치며 당연히 해야 할 일을 했을 뿐이라고 했다. 역시 부나방다웠다.

신희아는 오히려 뿌루퉁해져서는.

"그럼 오빠는 똑같은 상황이면 그냥 구경만 하려고 했어?"

라고 핀잔 아닌 핀잔을 주며 얼굴을 붉혔고 강유석은 가볍게 고개를 끄덕이며 '저 역시 당연한 일을 했을 뿐이에요'라고 대답했다.

신희현은 피식 웃었다.

아무래도 아주 잘못 살고 있지는 않은 것 같았다. 다시 얻은 기회, 조금은 제대로 가고 있는 것 같은 기분이 들었다.

'다음은 작은 대륙인가.'

기절한 지 5시간쯤 됐다고 했다.

체력은 거의 회복된 상태.

다음 단계로 넘어가기 전에 확인해야 할 것이 있다.

심연의 바다를 클리어하기는 했는데 어떤 보상이 주어졌는지 아직 몰랐으니까.

"엘렌, 내 보상 확인할 수 있어?"

"물론 가능합니다."

보상을 확인했다.

엘렌이 말했다.

"심판의 불꽃이 심장에 이식되었습니다."

"심판의 불꽃?"

"효과 확인을 위한 명령어는 권능창 활성화입니다."

신희현은 순간 고개를 갸웃했다.

권능창 활성화라고?

전에도 그렇고 이번에도 그렇고, 전혀 몰랐던 활성 명령어다.

"권능창 활성화."

그 효과를 확인한 신희현은 입을 쩍 벌렸다.

〈심판의 불꽃〉

형태의 존재 유무, 의지의 유무와 상관없이 지정한 목표를 소멸시키는 심판의 권능.

'그 어떤 것이 되었든…… 죽일 수 있다는 소리인가?'

단, 제약이 있었다. 심판의 불꽃은 단 1회만 사용이 가능하단다.

'스킬이 아니라…… 권능인가.'

제법 거창하지 않은가. 메인 던전 아탄티아. 확실히 뭔가가 많이 숨겨져 있는 곳임에 틀림없었다.

'그렇다면 히든 피스는?'

히든 피스에 생각이 미쳤을 때 엘렌이 기다렸다는 듯 말을 이었다.

"인벤토리에 히든 피스가 귀속되었을 것입니다. 또한, 신희현 플레이어의 클리어 등급은 프리미엄 노블레스 등급입니다."

"프리미엄 노블레스?"

"예, 위대한 업적입니다."

운이 좋았다고밖에 설명할 길이 없었다. 중앙 제단이 불의 씨앗과 반응할 줄이야.

"성군의 증표에 상당히 긍정적인 일이 있었습니다."

"……응?"

"아틀렌토의 주민들이 신희현 플레이어를 신처럼 여기며 경배했습니다."

"……아."

기절했던 사이 많은 일이 있었단다. 심연의 바다 내 고대 도시 아틀렌토가 육지화되었으며 저주가 풀렸다고 했다. 생선 모습의 몬스터들이 어느새 사람과 비슷한 형태를 가졌단다.

"그 모습은 마치 인간과 맘모스 헌터의 중간쯤 되는 모습이었습니다."

그 아틀렌토 주민들이 신희현을 신격화해서 추앙했단다.

어쨌든 그 덕분에 성군의 증표에 긍정적인 영향이 많이 작용했고, 심연의 바다를 쉽게 클리어할 수 있었다.

'칭호도 적용됐겠지.'

신희현은 칭호도 확인해 봤다.

허무의 들판, 지저의 천공 모두 '다스리는 자' 칭호를 얻었다. 그렇다면 이번에도 그럴까.

"정복한 자 그리고 정복한 위대한 자 칭호가 회수되었습니다."

여기까진 같았다.

"프리미엄 노블레스 등급 클리어와 고대 도시 아틀렌토의 저주를 풀어낸 것에 대한 보상으로 칭호가 상향 조정되었습니다."

그렇다면.

"이번에도 역시."

이번에도 마찬가지였다.

'심연의 바다를 다스리는 자' 칭호가 추가되었다.

〈심연의 바다를 다스리는 자〉

심연의 바다를 정복한 위대한 군주에게 주어지는 칭호.

효과 :

　(1) 최상급 워터볼 효과 상시 적용

　(2) 아탄티아 군주 자격 획득

(2)번의 효과는 항상 같았다. 아탄티아 군주 자격을 또 획득했단다.

그리고 (1)번의 효과는 최상급 워터볼 효과를 상시 적용.

'최상급이라고?'

최상급 워터볼이 있다는 말은 들었지만 그걸 실제로 본 적은 없었다. 가성비가 극악할 정도로 나쁜 아이템이니까. 애초에 거의 드랍 자체가 되지 않는 희귀 아이템이 바로 최상급 워터볼이었다.

'큰 도움이 되겠어.'

모르긴 몰라도 아마 육지와 거의 똑같이 움직일 수 있을 거다.

'좋네.'

이후에 있을 수중 던전에서도 굉장히 유리해졌다.

'이번에 얻은 것이…… 심판의 불꽃, 히든 피스, 칭호, 성군의 증표, 수호신 소환. 이 정도 인가?'

하나하나 떼어놓고 봐도 굉장히 수확인데 이것들을 한꺼

번에 얻었다.

캡틴의 목소리가 들려왔다.

"우리의 항해도 거의 끝나가고 있어. 이번에 도전할 용감한 선원이 또 있니? 있을 거야. 그렇지?"

신희현이 몸을 일으켰다.

이번에는 작은 대륙이다. 히든 보드의 구멍도 이제 두 개남았다. 이곳의 비밀을 풀어줄 열쇠 중 하나가 이것이라 생각하는 중이다.

'그리고……'

대도 최성일과 도적 임설희 그 둘의 히든 던전도, 부나방 임찬영의 히든 던전도 모두가 아탄티아 던전을 가리키고 있지 않았던가.

'히든 던전, 그리고 히든 보드가 열쇠다.'

신희현은 통신 패널을 통해 각 팀의 팀장들과 연락을 취했고 '작은 대륙' 클리어에 함께할 플레이어들을 선정했다.

신희현이 배 밖으로 몸을 던졌다.

"먼저 출발하겠습니다."

그 뒤를 약 30명의 플레이어가 따랐다.

알림음이 들려왔다.

['작은 대륙'에 입장하였습니다.]

2장
군주의 길과 상생의 길

신희현은 일부러 숫자를 제한했다. 작은 대륙은 그래야 했다. 지나치게 많은 플레이어가 있으면 통솔하기가 어렵다.

'게다가 강동훈과 민영이의 조합이라면.'

그렇다면 굳이 많은 플레이어가 필요하지 않다. 강한 플레이어 한 명, 한 명이 수십 명의 능력을 발휘할 테니까.

'지금 시점에서 강동훈이 불의 정령왕을 제대로 부릴 수 있는지는 모르겠지만.'

그렇지만 괜찮다. 현재의 능력만으로도 충분히 도움이 될 거다.

작은 대륙에 입장했다.

'저번과 똑같네.'

이곳은 신희현이 직접 경험했던 곳이다. 생생한 경험을 했던 곳. 그의 경험에 의하면 플레이어들은 혼란에 휩싸이게 될 거다.

"모두 주목합니다."

'작은 대륙'은 어두웠다. 깜깜해서 아무것도 보이지 않는 시커먼 공간이었다. 그런데 신기하게도 플레이어들의 모습은 보였다. 마치 컴컴한 우주 공간에 스스로 빛을 내는 사람 한 명, 한 명이 서 있는 것 같았다.

"모두들 아시겠지만 이곳은 작은 대륙입니다. 플레이어의 숫자를 최소로 한정하고 입장했습니다. 또한 대부분이 길잡이와 관련된 클래스입니다."

"……."

플레이어들은 침묵했다. 침묵할 수밖에 없었다. 이곳에 모인 모두가 베테랑이지만 그중에서도 베테랑이라 할 수 있는 탁민호마저도 이 끔찍한 기분에 어쩔 줄 몰라 하고 있었다.

'으…… 미치겠군.'

더 정확히 말하자면 공포가 느껴졌다.

신희현의 목소리가 들려왔다.

"여러분은 지금 감각이 대부분 차단되었을 겁니다. 내 몸이 내 몸이 아닌 것 같고, 눈에 보이는 것도 보이는 건지 모르겠고, 아무것도 느껴지지 않고, 소리도 귓가에서 웅웅거리는 것처럼 들릴 겁니다."

"……."

자신의 몸이 자신의 몸처럼 느껴지지 않는 것.

이건 생각보다 더 공포스러웠다.

의식은 있는데 몸이 사라진 느낌이었다.

"작은 대륙이 가지는 특수성입니다. 여러분이 느끼고 있는 그 느낌을 저도 느끼고 있습니다."

한번 겪어봤다. 그냥 겪어본 정도가 아니라 아주 지독하게 겪었다. 그래도 애초에 마음의 준비를 하고 있어서였는지 그는 예전만큼 그렇게 끔찍한 기분을 느끼지는 않았다.

강민영은 울고 싶었다. 신희현이 자신의 어깨를 감싸는 게 눈으로는 보였는데 전혀 느껴지지 않았다.

'내 몸이…… 아닌 것 같아.'

이 느낌, 너무 싫었다. 신희현의 손길조차 느껴지지 않는다니.

그래서 생각했다.

'깨부숴야겠어!'

겁먹는 대신 이 이상한 느낌을 만들어버린 이 공간을 깨버려야겠다고 생각했다.

신희현이 그녀의 생각을 읽었다면 '역시 불의 법관답네'라며 허탈하게 웃었을지도 모를 일이다. 신희현도 이 공간에 적응하는 데 무려 5일이 걸렸으니까.

알림이 들려왔다.

[작은 대륙에 입장하였습니다.]

[시각과 청각을 제외한 모든 감각이 차단됩니다.]

[외부와의 시간이 단절됩니다.]

신희현이 말했다.

"마음의 준비를 단단히 하는 게 좋을 겁니다."

몬스터가 무서운 게 아니다. 몬스터가 무서웠으면 길잡이가 아니라 탱커와 딜러를 많이 데려왔을 터다.

"정신력 싸움이 될 테니까."

탁민호가 물었다.

"정확한 설명이 필요합니다."

"우리는 이곳에서 최소 40일 이상을 보내게 될 겁니다."

"……뭐라고요?"

40일?

임찬영이 물었다.

"40일이나 걸리면…… 아탄티아의 던전 브레이크가 발생하지 않겠습니까?"

신희현은 내심 흡족하여 속으로나마 웃었다.

탁민호와 임찬영이 굉장히 빠른 속도로 적응하고 있는 게 느껴졌다. 보통 적어도 1시간 정도는 패닉 상태에 빠져 있는 것이 정상이다. 최상위권 플레이어들을 기준으로 말이다.

그런데 탁민호와 임찬영은 10분이 채 되지 않는 시간인데도 꽤 적응을 한 모양이었다.

"외부와는 시간이 단절됩니다. 이곳은 독립 공간이며 하나의 또 다른 세계라고 보시면 될 것 같습니다."

신희현도 자세하게 설명하지는 못했다. 왜냐하면 이 원리를 그도 잘 알지 못했으니까.

"우리가 주의하고 또 경계해야 할 것은 몬스터 따위가 아니라 우리 자신입니다. 40일 동안 우리는 감각이 차단된 상태로 미로를 헤매야 하니까요."

임찬영이 물었다.

"미로요?"

"이곳, 보이지 않는 어두운 공간이 전부 미로입니다."

"그렇군요."

신희현은 잠시 생각에 빠졌다.

'그때…… 민호 형은…….'

"특수한 아이템입니다. 이곳에서 길을 찾을 수 있는 결정적인 단서를 제공할 것입니다. 제가 앞장서겠습니다."

이렇게 말했었다.

토닉스. 기를 쓰고 구해는 놓았는데 여전히 설명은 되어 있지 않았다.

〈토닉스〉

???

알 수 있는 거라고는 1회성 아이템이라는 것뿐.

신희현은 다시 한번 계획을 점검했다.

'변수를 최소화한다.'

과거 이들을 이끌었던―그때는 숫자가 훨씬 많았다― 탁민호는 약 30일이 흐르고 나서야 토닉스를 사용했었다. 그전까지는 그저 탁민호의 안내에 따라 움직였었다.

'토닉스에 대해 아는 게 없으니.'

그때와 같은 방식으로 클리어를 진행하기로 했다. 30일이 흐를 때까지는 토닉스를 사용하지 않겠다고 마음먹은 거다. 물론 그 30일이 쉽지만은 않겠지만.

'플레이어들이 패닉에 빠지지 않기를 바라야지.'

그런데 예상외의 일이 벌어졌다.

이건 너무 예상 밖이었다.

"어, 그랬냐? 그때 나도 그 떡갈나무에 기생하는 새끼한테 피 빨릴 뻔했는데."

"나는 한 번 빨렸어. 기분 진짜 더럽더라."

"그게 문제가 아냐. 떡갈나무 기생충은 아무것도 아니라고. 내 얘기를 들어봐."

신희현은 이런 거, 어디서 많이 본 거 같았다.

마치 예비군 훈련소에 들어간 서로 모르는 '아저씨(*타 부대의 병사 혹은 서로 관련 없는 병사들이 서로를 지칭하는 속어)'들이 2일 차쯤 되어 많이 친해지는 그런 모양새였다.

좀 더 자세하게 설명을 덧붙이자면, 내가 힘들었으니 네가 힘들었으니 서로의 힘듦을 과시하며 나름대로 허세를 부리고 있었다.

신희현은 지금 상황이 이해되지 않았다.

'너무…….'

이상하게 너무 평안했다.

지금은 강현수와 탁민호를 앞세워서 길을 찾고 있는 중이다. 강현수는 행운을 통한 무작위 운을 발산하고 탁민호는 그만의 길잡이 스킬을 활용하여 이 공간을 탈출하려 노력하고 있는 거다.

과거에도 그랬다. 변수를 없애기 위해 과거와 똑같은 방법으로 클리어를 진행하고 있는 건 맞는데.

'평온해.'

지나치게 평온했다. 플레이어들에게서 위기의식을 찾아보기 힘들었다.

과거에는 이러지 않았다. 그들은 감각이 차단되자 패닉에 빠졌었다. 어떤 미친놈은 동료를 찔러 죽이기까지 했다. 이렇게라도 하면 감각이 느껴질 것 같았다나 뭐라나.

'뭐가 어떻게 된 거야?'

……라고 신희현은 생각했지만 임찬영과 탁민호는 지금의 이 현상을 지극히 당연하게 생각했다.

"잠시 휴식하겠습니다."

자리에 앉았다.

감각이 없어서 몸이 힘든지 힘들지 않은지조차 모르는 상태. 이럴 때에는 차라리 휴식을 많이 취해 몸에 무리가 가지 않도록 하는 게 중요하다고 결론을 내렸다.

"100㎖ 수분을 섭취합니다."

그리고 모두가 일괄적으로 일정 시간에 물을 마셨다. 일정 시간에 일정량의 음식을 먹고 일괄적으로 정확하게 숫자를 세서 음식을 씹었다. 모두가 똑같은 시간에 먹고 마셨으며 또 같은 시간에 배변까지 해결했다. 감각이 차단된 상태에서는 이게 최선이었다.

탁민호가 자리에 앉았다.

'이거 뭐, 나름 괜찮네. 기분은 더럽지만.'

잘 버텼다. 신희현은 이 상황을 굉장히 경계했던 모양인데 탁민호의 예상대로 플레이어들은 별로 패닉 상태에 빠지지 않았다.

탁민호는 신희현을 힐끗 쳐다봤다.

'역시 빛의 성웅이 옆에 있으니까.'

만약 여기에 빛의 성웅이 없었다면?

그렇다면 자신 역시도 패닉에 빠졌을지도 모를 일이다.

지금 자신감 넘치게 이들을 안내하고 있는 것도 전부 빛의 성웅이 자기더러 안내하라고 말을 했기 때문이다. 이른바 잘 되면 내 탓 안 되면 남 탓을 할 수 있는 상황이 된 거다.

그런데 그 남이 무려 '빛의 성웅'이다. 빛의 성웅이 시켜서 하는 건데 잘못될 리 없다. 예지력까지 가진 플레이어 아닌가.

'모두들 평온하네.'

오히려 신희현이 패닉 상태이지만 탁민호는 신희현의 심리 상태를 전혀 예상하지 못했다. 그에게는 이 상황이 너무나 당연했으니까.

'좋았어. 이제 또 이동해 볼까.'

그렇게 30일이 흘렀다. 놀랍게도 아무도 지쳐 쓰러지거나 탈선하지 않았다.

신희현도 전혀 예상하지 못했던 바였다. 어째서 플레이어들이 이토록 침착한지에 대한 해답은 강민영이 줬다.

"역시 오빠는 대단해."

"······응?"

"오빠 덕택에 아무도 공포에 빠져들지 않았잖아."

강민영은 신희현의 어깨에 머리를 기대었다.

신희현은 그제서야 알 수 있었다. 이 플레이어들이 패닉 상태에 빠지지 않은 이유를.

'나 때문이었다고?'

허허 하고 웃음이 나왔다.

강민영의 말을 들은 강현수가 활짝 웃으며 다가왔다.

"그럼요. 아름다운 빛의 성웅께서 아름다운 방식으로 우리를 굽어 살펴보고 계시니 그 아름다움에 취하여 우리도 아름다울 수밖에요."

신희현은 또 허허 하고 웃고 말았다. 비록 표현은 굉장히 이상하고 어색했지만 무슨 뜻인지는 대충 알 것 같았다.

엘렌은 속으로 생각했다.

'사기도…… 사기인 줄 모르고 당하면 행복한 법입니다.'

물론 신희현이 지금 사기를 치고 있는 건 아니지만.

엘렌은 괜스레 어깨를 쭉 폈다.

그걸 본 강동훈의 파트너인 천족 리엘이, 날개가 4장밖에 없어 6장인 엘렌에게 굴욕을 맛봤던 그녀가 입술을 꾹 깨물었다.

'저 언니, 지금 우쭐해하고 있어!'

괜히 지는 기분이었다.

'나도 6장이 되고 싶어!'

얼른 언니를 따라잡고 싶다는 기분이 들었다. 주먹을 불끈 쥐었다.

'그러면 나도 어깨를 쭉 펴야지.'

짐짓 어깨를 쭉 폈다가 엘렌과 눈이 마주친 그녀는 괜히 강동훈 뒤로 숨었다.

신희현이 말했다.

"이것은 특수한 아이템입니다."

"아……!"

탁민호가 그걸 알아봤다.

예전부터 말해오지 않았던가. 아탄티아를 클리어할 때 필요한 것이 몇 개 있다고. 그중 하나가 이 나침반 형태의 아이템인 토닉스였다. 이걸 얻기 위해 함께 평화의 섬에 들어갔었다.

"이곳에서 길을 찾을 수 있는 결정적인 단서를 제공할 것입니다. 이제 제가 앞장서겠습니다. 약간의 제약이 걸려 있어서 바로 사용하지 못했습니다."

과거 탁민호가 했던 말을 그대로 따라했다.

'과거보다 상황이 훨씬 좋다.'

그때보다 훨씬 유리한 상황이지 않은가.

30일이 흘렀고 신희현은 토닉스를 꺼내 들었다.

[토닉스는 1회성 아이템입니다. 사용 시 소멸됩니다]

[토닉스를 사용하시겠습니까?]

어차피 이때 쓰려고 간직하고 있던 아이템이다.

당연히 쓰기로 했다.

[토닉스를 사용합니다.]

신희현의 눈에 변화가 보였다.

'이건……?'

어두운 공간에서 두 개의 길이 보였다. 오솔길처럼 생긴 두 개의 길.

'……고대 신전에서 봤던 것과 비슷하다.'

신희현은 고대 신전 1차 관문에서 갈대밭의 풍경을 사진에 담았었다. 그리고 그 사진을 토대로 '선택의 기로' 관문에서 '옳은 선택'을 하여 다음 관문으로 이동했었다.

그 당시에는 몰랐는데.

'그때, 이곳의 축소판을 경험했던 거다.'

이제야 윤곽이 뚜렷하게 잡혔다.

'그랬던 거야.'

두 갈래의 길.

이 두 갈래 중 어떤 길이 정답인지는 알 수 없었다. 애초에 정답이 있는지도 잘 모르겠지만.

그때, 알림음이 들려왔다.

[군주의 길을 선택하시겠습니까?]
[상생의 길을 선택하시겠습니까?]

순간, 신희현은 고민에 휩싸였다.

'군주의 길과 상생의 길이라.'

어찌 보면 과거와 비슷한 경우 아닐까.

이런 생각이 들었다.

'나는 폭군의 길과 성웅의 길, 둘 중에 하나를 선택했었다.'

그때에는 강유석과 같은 폭군이 되고 싶지 않아 성웅의 길을 택했다. 그리고 자의든 타의든 어쨌든 그는 성웅으로서의 행보를 보이고 있는 중이다.

'그때 폭군과 성웅은 완전히 정반대의 개념이었어.'

그렇다면 이번에도 그런 것인가?

'그건 확실치 않아.'

군주의 길을 선택했다 해서 상생을 하지 못하는 건 아니고, 상생의 길을 선택했다고 해서 군주를 하지 못하는 것도 아니다.

현재의 상황을 정리해 봤다.

'군주의 자격을 획득하고 있는 상황.'

히든 피스와 히든 보드가 '군주'라는 하나의 단어를 가리키고 있다. 그 '군주'라는 것이 얼마나 대단한 것인지는 몰라도 저 '군주의 길'이라는 것은 이것에 굉장히 큰 이점을 안겨다 줄 것 같다는 기분이 들었다.

'나는……'

어떤 길을 선택해야 하는 것인가.

시간은 그리 많아 보이지 않았다.

탁민호가 질문을 던졌다.

"뭔가…… 변화가 있는 겁니까?"

탁민호의 눈에는 아무것도 보이지 않았다. 신희현의 눈에만 보였다.

붉은색 길과 녹색의 길.

신희현은 능수능란하게 대답했다.

"아이템이 가동되는 데 약간의 시간이 필요합니다."

"그렇군요."

"조금 대기하겠습니다. 정확한 시간을 말씀드리기는 어렵습니다."

그러고 보니 과거 탁민호도 '토닉스'를 사용하고 나서 시간을 조금 끌었었다.

'이래서였나?'

그렇다면 과거 탁민호는 무엇을 선택했을까?

'민호 형이었다면 상생의 길을 선택했겠지.'

그럴 확률이 매우 높다. 그 당시, 히든 피스와 히든 보드를 누가 얼마만큼 가지고 있었을는지는 모르지만 탁민호는 군주의 자격에는 그다지 관심이 없었을 확률이 높다.

'이후에도 군주와 관련된 행보는 전혀 보이지 않았어.'

신희현은 거의 90퍼센트의 확률로 탁민호가 상생의 길을 선택했다고 판단을 내렸다.

'하지만 나는⋯⋯.'

어떻게 해야 하는 것인가.

변수를 최소화하기 위해 일부러 30일이라는 시간을 소비했다. 물론 바깥, 그러니까 '아탄티아호'의 시간과는 별개의 시간이다. 정확한 계산은 어려워도 몇 분 지나지 않았을 확률이 높았다.

힐끗 엘렌을 쳐다봤다.

엘렌이 6장의 날개를 활짝 폈다. 그럴 줄 알았다는 듯 입을 열었다.

"신희현 플레이어, 군주의 길과 상생의 길에 대한 자세한 정보가 필요한 겁니까?"

엘렌은 신희현의 마음을 십분 이해했다.

"주위의 플레이어들이 있어 제대로 대답하지 못하시는 거군요. 자세한 정보가 필요한 게 맞으시다면 눈을 두 번 깜빡이시면 좋겠습니다."

엘렌에게 이런 약삭빠른 면이 있는지 신희현은 처음 알았다. 엘렌이 무엇인지 알지 못할 미지의 것으로부터 오염(?)된 것 같은 기분이 들었다.

"지금부터의 대화는 신희현 플레이어와 저만의 속삭임으로 이어집니다. 타 플레이어의 파트너는 저희의 대화를 엿들을 수 없습니다."

엘렌이 말을 이었다.

"군주의 길을 선택하시면 군주의 지위를 획득할 수 있는 길로 신희현 플레이어를 인도할 것입니다. 역경과 고난이 있겠지만 빛의 사…… 아니, 빛의 성웅께서는 그 역경과 고난을 이겨내고 군주의 지위를 획득할 수 있을 거라는 판단이 섭니다."

오랜만에 엘렌은 굉장히 흥분했다. 이성으로는 '흥분하지 말자. 흥분하면 안 돼, 엘렌'이라고 계속해서 외쳤지만 감성이 이성을 이겼다.

신희현 플레이어가 모르는 것을 설명하다니!

드디어 내가 파트너로서의 역할을 하고 있다니!

행복해진 엘렌은 무표정을 가장한 흥분 상태로 계속 말했다.

"상생의 길을 선택하시면 가장 안전하고 합리적인 루트로 길을 안내할 것입니다. 협력과 협동이 빛을 발할 때 피해는 최소화될 것입니다."

생각에 빠졌던 신희현이 입을 열었다.

"나는……."

선택했다.

신희현의 선택은 '상생의 길'이었다.

['상생의 길'을 선택하였습니다.]

군주의 길.

설명만 들어보면 그리 나빠 보이지는 않는다. 들어보니 '군주의 자격'을 쉽게 얻을 수 있도록 해주는 것 같다.

하지만 군주의 자격이라는 건 이 히든 피스를 전부 모으면 얻을 수 있는 것 같았다. 하나하나에 전부 '군주의 자격 획득' 이라는 효과가 붙어 있었으니까.

'무엇보다도.'

그의 결정에 있어서 가장 큰 역할을 했던 것은 바로.

'상생의 미로를 통과해야 한다.'

상생의 미로였다.

과거, 탁민호가 선두가 되어 이곳을 클리어했을 때에 '상 생의 미로'를 통과했었다. 만약 탁민호가 '군주의 길'을 선택 했다면 '군주의 미로'라는 것이 나타났을지도 모를 일이지만 하여튼 신희현은 '상생의 미로'에 대해서 이미 알고 있다.

'게다가 위험할 수도 있어.'

신희현이 유추하기로 '군주의 길'은 신희현 본인에게 커다란 보상이 돌아오는 길인 대신에 위험한 길일 확률이 매우 높았다.

게다가 여기에는 강민영이 있고 신희아가 있다. 혼자서라면 고대 던전도 도전할 법하지만 강민영과 신희아, 그리고 30명의 플레이어의 생명이 담보로 잡혀 있는 상황에서는 굳이 변수를 만들 필요는 없다는 판단을 내렸다.

그런데 이상한 알림이 들려왔다.

[옳은 선택을 하였습니다.]

순간, 그는 이해할 수 없었다.

'옳은 선택?'

군주의 길과 상생의 길. 이것에도 옳은 선택이 존재했던가? 평화의 섬, 선택의 기로에서만 정답이 있는 줄 알았었는데.

'그게 아니었던가.'

아무래도 그게 아니었던 것 같다. 이것에도 정답이 정해져 있었던 것 같다.

알림이 이어졌다.

[무릇 군주란 상생의 법도를 알아야 합니다.]
[무른 군주란 헛된 과욕을 부려서는 안 된다는 것을 알아야 합니다.]
[군주의 자격을 갖춘 이가 옳은 선택을 하였습니다.]

그리고 전체 알림이 들려왔다.

[작은 대륙의 난이도가 대폭 하향 조정됩니다.]
[상생의 길이 열립니다.]

탁민호와 임찬영을 비롯한 길잡이들이 가장 먼저 발견했다.
"변화가 일어나고 있습니다."
아무것도 보이지 않는 어두운 공간이었는데 그곳에 녹색의 길이 생겨나고 있었다.
처음에는 희미한 빛이었다. 그러나 그 빛이 점점 진해지는가 싶더니 이내 환하게 빛났다.
"이동합니다."
그리고 과거와 달라졌다는 것을 느꼈다.
'그때 민호 형은 군주의 길을 선택했던 건가?'
그때는 전체 알림이 없었다.
'지금은 전체 알림이 들렸다.'
내가 아는 민호 형이라면 분명 상생의 길을 걸었을 텐데,

내 생각이 틀렸던 건가.

알 수 없었다.

'시간이 지나면 지날수록 모르는 것투성이군.'

그 어렵다는 메인 던전 아탄티아를 그다지 어렵지 않게(?) 클리어하고 있지만 오히려 신희현의 머릿속은 좀 더 복잡해졌다.

'민호 형이 그때 군주의 지위에 욕심을 부렸었던가.'

뭔가, 내가 모르는 것이 숨겨져 있는 건가.

'지금 당장은 판단을 내리기 힘들어.'

일단 판단을 보류하기로 했다.

신희현이 가장 먼저 걸음을 옮겼다.

"이동합니다."

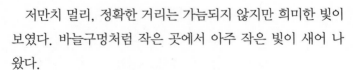

저만치 멀리, 정확한 거리는 가늠되지 않지만 희미한 빛이 보였다. 바늘구멍처럼 작은 곳에서 아주 작은 빛이 새어 나왔다.

임찬영이 감격한 얼굴로 주먹을 불끈 쥐었다.

"비, 빛이 보입니다!"

송아지같이 순수한 눈망울로 기쁨의 눈물을 글썽거렸다.

신희현이 씨익 웃었다. 난이도가 대폭 하향 조정되었다더니 굉장히 쉬웠다. 초록색 길을 따라가기만 했는데 출구를 발견할 수 있었다.

'그때 민호 형은 군주의 길을 선택했던 것이 틀림없다.'

그때는 훨씬 힘들었다. 거의 절반에 가까운 플레이어가 죽거나 다쳤다. 정신붕괴를 일으켜서 난동을 부리기도 했고 자살을 하기도 했다. 그 어두운 공간에서 아마도 정신계 공격이 있었을 거라 짐작한다.

그때는 어렵고 힘들게 여기까지 왔는데 지금은 단 한 명의 인명 피해도 없었다.

'좋았어.'

몸에 감각이 돌아오는 게 느껴졌다. 이 더러운 느낌이 점점 옅어져 갔다.

"감각이 돌아오고 있습니다!"

"으아, 이제야 좀……!"

이제야 좀 살 것 같다며 플레이어들은 주먹을 쥐었다 폈다를 반복했다. 감각이 돌아왔다는 것 자체가 그들에게는 큰 행복인 듯했다.

알림이 들려왔다.

[출구를 찾았습니다.]

[혼란의 방을 탈출합니다.]

그와는 별개로 신희현에게만 알림이 또 들려왔다.

['군주의 자격을 가진 이'의 '옳은 선택'에 따른 특전이 주어집
니다.]
[작은 대륙의 난이도 하향 조정이 유지됩니다.]
[난이도 하향 조정의 세부 조건을 '군주의 자격을 가진 이'가 조정
할 수 있습니다.]

신희현은 주위를 둘러봤다.

'원시림 같군.'

빛이 있기는 있되 그렇게 마냥 밝은 곳은 아니었다.

하늘 높은 줄 모르고 나무가 솟아 있다. 나무는 수십 미터
는 되어 보이고 고사리같이 생긴 거대한 풀들은 그 높이가 3
미터는 넘었다.

'난쟁이가 된 기분이군.'

주위의 물체들이 하도 크다 보니 난쟁이가 된 것 같은 기
분이 들었다.

TIP 알림을 활성화시켰다.

[TIP: 난이도 세부 조정의 명령어는 '세부 조정'입니다.]
[TIP: 세부 조정 명령어는 작은 대륙 내에서만 한시적으로 사용됩
니다.]

거기서 신희현은 새로운 사실을 알 수 있었다.

'이건…….'

눈을 크게 떴다.

'대박이다!'

난이도의 세부 내용을 조절할 수 있다는 건 굉장한 특혜였다.

'나머지는 괜찮아.'

다 그대로 두고.

'방어력만 최소로 낮춰놓으면 금상첨화겠지.'

이곳에서 출몰하는 몬스터의 종류는 이미 꿰고 있다.

여기서 한참을 고생했었다. '상생의 미로'를 통과하여 '제2 대륙'으로 가기 위한 길을 찾는 게 굉장히 힘들었다. 이곳에서 나타나는 몬스터들이 굉장히 까다로웠기 때문이다.

신희현이 말했다.

"민영이랑 강동훈 씨는 언제나 광역계 불 공격을 할 수 있도록 준비합니다."

이곳에서 나타나는 몬스터는 대부분이 '거대 곤충계' 몬스터다. 가장 작은 몬스터인 '턱 개미'만 하더라도 그 크기가 1미터에 이른다. 신희현 개인적으로 가장 혐오스럽다 생각하는 '12발 바퀴'의 경우는 크기가 6미터에 이르는 바퀴벌레다.

어쨌든 놈들은 곤충 형태의 몬스터이며 불 계열 공격에 극도로 약한 면모를 보이는 경향이 있다. 레벨 절대 룰에서 벗어나지만 않는다면 놈들을 굉장히 쉽게 처리할 수 있을 거다. 신희현이 피닉스를 활용하여 어둠 속성의 몬스터들을 쉽게 처리할 수 있는 것처럼 말이다.

신희현은 매우 능숙하게 플레이어들을 인도했다.

"우리는 상생의 미로를 찾습니다. 길잡이들은 이마에 흰점이 있는 몬스터를 발견하는 즉시, 즉각 보고하기 바랍니다. 지금부터는 전투태세에 돌입합니다."

그때, 강민영이 외쳤다.

"불 바람!"

불로 이루어진 바람이 불어닥쳤다.

몬스터들도 움직이기 시작했다. 고기 태우는 냄새가 피어올랐다.

사슴벌레 형태의 거대 곤충 몬스터가 불타올랐다.

쿵!

소리와 함께 땅으로 떨어져 내렸다.

강민영과 강동훈 콤비는 그 위력을 과시했다. 곤충계 몬스터들은 그 숫자가 얼마가 되었든 그 둘의 공격에 순식간에 녹아내렸다.

신희현은 대단히 만족했다.

'이 정도라니.'

난이도 하향과 더불어 불의 법관, 불의 제왕 콤비는 생각했던 것보다 훨씬 큰 시너지 효과를 냈다.

그때, 약 30여 미터 떨어져 있던 임찬영이 외쳤다.

"이마에 흰 점이 있는 사마귀를 발견했습니다! 무섭습니다!"

"놈을 따라간다. 강동훈, 죽이지는 말고 겁만 줘. 어디론가 도망치게."

이곳의 몬스터들을 잡는 건 의미 없다. 길 찾는 것도 의미가 없다. 흰 점이 있는 몬스터를 따라서 이동하는 것이 이곳을 벗어나는 방법이다.

그렇게 단 한 명의 피해도 없이 물가까지 이동할 수 있었다.

강인지 바다인지 모를 푸른 물이 펼쳐져 있었다.

[원시림을 탈출했습니다.]

['상생의 미로'가 펼쳐집니다.]

아무런 피해도 없이 여기까지 왔다. 이제는 상생의 미로다. 이곳을 통과해 제2의 대륙으로 이동하기만 하면.

'그러면 끝난다.'

아주 순조로웠다. 계획대로, 아니, 계획보다도 훨씬 더 순항하고 있는 셈.

[상생의 미로에 입장하였습니다.]

그런데 마냥 그렇지만은 않은 듯했다.
신희현이 인상을 찡그렸다.
'이건 뭐냐?'
과거와는 달랐다.

3장
작은 대륙을 다스리는 자

신희현의 기억 속 상생의 미로는 상당히 난이도가 높았던 미로였다.

일단 시각적으로 굉장히 어지러운 통로가 생긴다. 길이 빙글빙글 돈다. 발을 딛는 순간, 실제로 몸이 그렇게 움직인다.

나는 분명 땅을 딛고 걷고 있는데 몸은 벽면을 따라 소용돌이치듯 움직인다. 마치 꽈배기 형태의 청룡열차를 타는 것처럼 말이다.

그 이후로 최후의 던전 '초열지옥'의 축소판이라 할 수 있는 열구덩이를 파훼해야 하는 것은 물론이고, 온갖 트랩과 몬스터가 득실득실거렸던 곳이 바로 '상생의 미로'였었다.

'확실히 그때와 너무나 다르다.'

난이도가 하향 조정되었다.

'그때 민호 형이 군주의 길을 선택했던 이유는 모르겠지만⋯⋯.'

이유야 어찌 됐든 이번에 나타난 상생의 미로는 그리 어려워 보이지 않았다.

'초감각.'

초감각을 사용해도 걸리는 게 하나 없었다.

탁민호와 임찬영도 입구를 샅샅이 살폈지만 위협이 되는 요소는 찾지 못했다.

그건 다른 길잡이들도 마찬가지였다. 오히려 그들은 이렇게 생각했다.

'왜 이렇게 조심하는 것처럼 보이지?'

그들이 보기에 이곳은 쉬운 미로였다. 아니, 미로라고 할 것도 없었다. 쭉 뻗어 있는 길, 그리고 몇 군데 갈림길이 보이는 것 같기는 했지만 길잡이들에게 이 정도는 식은 죽 먹기 아니겠는가.

'우리가 보지 못하는 뭔가 대단한 것이 숨겨져 있는 것인가?'

⋯⋯라고 생각했지만 신희현 일행은 너무나도 쉽게 상생의 미로에 진입했고 또 너무나도 쉽게 걸음을 옮겼다.

이렇게까지 쉽게 '또 다른 대륙'으로 이동할 수 있는 건가?

상생의 미로는 말하자면 하나의 '다리'라고 볼 수 있다. 대륙과 대륙을 이어주는 연결 다리 말이다.

하나의 대륙에는 '원시림'이 자리 잡고 있고 또 다른 하나의 대륙에는 '원주민'들이 살고 있다. 시스템상에서 '원주민'이라 불리는 그들은 침팬지 형태의 생물체였으며 인간과도 약간의 의사소통이 가능한 NPC였다.

어쨌든 그건 이후에 있을 일이니 차치한다 하더라도 이곳이 이상하리만치 너무 쉬웠다.

'이상한데.'

이쯤 되면 의구심이 생긴다.

허무의 들판과 지저의 천공 같은 경우는 상당히 어려웠다. 그런데 심연의 바다부터는 난이도가 급격하게 하락했다.

물론 생각지도 못하게 불의 씨앗이 반응하여 목숨을 잃을 뻔하기는 했지만, 난이도 자체는 그렇게 높지 않은 것 같았다.

'뭐랄까…….'

뭐라고 표현하기는 힘들지만.

'던전이 우리에게 친화력을 보이는 것 같다.'

이 표현이 지금의 느끼는 무언가와 가장 가까웠다.

평화의 섬을 클리어할 때도 느꼈었다. 플레이어들의 수준이 높아진 만큼 분명 던전의 난이도도 높아졌다. 여러 가지 상황으로 미루어 보아 그건 당연한 얘기였다.

'아탄티아 역시 마찬가지였어.'

난이도가 전보다 더 높아져 있었다.

'그런데…….'

그런데 심연의 바다부터는 체감이 됐다. 던전이 점차 플레이어에게 우호적으로 변하고 있는 것 같다.

'내가 무슨 생각을……'

던전이 그럴 리 없지 않은가.

그런 생각을 하고 있을 때, 탁민호가 저만치 멀리서 외쳤다.

"출구를 찾은 것 같습니다!"

알림이 들려왔다.

[상생의 미로를 통과하였습니다.]
['군주의 자격을 갖춘 이의 특전이 종료됩니다.]
['또 다른 대륙'을 발견하였습니다.]

다시 해변이다. 아까 상생의 미로 입구를 발견했을 때와 비슷한 해변이 펼쳐졌다.

대륙 안쪽으로는 야자수가 자라고 있었다. 원시림만큼 거대한 나무나 풀 같은 건 보이지 않았다. 지구의 산속과 비슷한 형태였다.

신희현은 황당했다.

'아무런 몬스터도 없었고.'

그 흔한 트랩마저도 없었다.

'정말이지……'

좋아도 너무 좋다. 그래서 이상할 정도다. 과연 메인 던전 아탄티아의 관문이 맞는가 싶을 정도였다.

뭐가 어찌 됐든 일단 또 다른 대륙을 발견했다. 작은 대륙도 슬슬 끝이 보이기 시작한 거다.

너무나도 당연한 얘기를 했다.

"우리는 이곳을 탐사합니다."

이곳을 탐사하다 보면 분명 '그들'을 마주치게 될 거다.

신희현의 예상대로 약 2시간 뒤 숲 속에서 '그들'을 마주치게 됐다.

이번에 가장 먼저 기척을 느낀 사람은 임찬영이었다.

"뭔가가 접근합니다!"

신희현보다도 임찬영이 더 빨리 느꼈다.

신희현은 피식 웃었다. 도와주지도 않았는데 스스로 저만큼 컸다.

신희현도 느꼈다.

'온다.'

신희현이 말했다.

"나무 위에 집중합니다."

나무에서 나무를 타고 건너며 뭔가 시커먼 것들이 이쪽을 향해 접근해 오고 있었다.

탁민호가 말했다.

"숫자는 대략 30쯤 되는 것 같습니다."

임찬영이 물었다.

"전투태세에 돌입합니까?"

신희현이 어깨를 으쓱했다.

'그럴 필요는 없겠지.'

'아니요'라고 말을 하기도 전에 알림음이 이어졌다.

[퀘스트: '원주민을 도와라!'가 발생되었습니다.]

플레이어들은 순간 당황했다. 갑자기 퀘스트가 발생했다.

그렇다면 저기 나무를 타고 달려오는 것들은 몬스터가 아니라는 소리인가?

신희현이 말했다.

"우리는 공격하지 않습니다."

그리고 플레이어들을 대표해서 그리고 그들을 보호하기라도 하겠다는 듯 걸음을 옮겼다. 맨 앞쪽, 그러니까 검은 물결이 다가오고 있는 곳을 향해서 말이다.

쿵! 쿵! 쿵! 쿵!

나무에서 뭔가가 떨어져 내렸다.

탁민호가 고개를 갸웃했다.

"침팬지?"

침팬지와 닮았는데 침팬지보다 크기가 컸다.

그리고 신기하게도.

"우끼끼! 드디어! 우끼끼! 오셨다! 우끼끼!"

조금 이상하기는 하지만 사람의 언어를 구사할 줄 알았다.

"우끼끼! 경배한다! 우끼끼!"

신희현은 이 상황을 이미 예측하고 있었지만 모르는 척 물었다.

"우리가 뭘 도와주면 되지?"

"우끼끼! 신의 용사들! 우끼끼! 우리의 집을, 우끼끼! 찾아 줘! 우끼끼!"

신희현이 말했다.

"불의 법관 그리고 불의 제왕의 역할이 가장 중요합니다."

이 퀘스트는 '원주민'을 도와 원주민들이 부락을 되찾도록 도와주는 퀘스트다.

현재 원주민들은 다른 원주민에게 보금자리를 빼앗기고 밖으로 내쫓긴 상황. 그 보금자리를 탈환하는 것이 목표인데 문제는.

"아무도 죽이면 안 됩니다."

퀘스트에 제약이 걸려 있다는 거다.

원주민의 말을 빌리자면.

'우끼끼! 아무도 죽이면, 우끼끼! 안 된다! 우끼끼! 신의 형벌이, 우끼끼! 떨어질 거야, 우끼끼!'

라고 했다. 그것은 곧장 퀘스트의 내용에도 반영되었다.

불의 제왕 강동훈이 말했다.

"무엇을 하면 될까요?"

신희현이 작전을 설명했다. 그리고 인벤토리에서 뭔가를 꺼냈다. 길잡이들은 황당해져서 눈을 크게 떴다.

'응?'

보니까.

'꽹과리?'

'북?'

꽹과리, 북은 물론이고 심지어.

'부부젤라?'

'대형 스피커?'

'마이크?'

스피커를 운용하려면 당연히.

'발전기?'

온갖 것이 쏟아져 나왔다. 그 비싸다는 상급 간소화 주머니에서 말이다.

시선을 느낀 신희현이 문득 플레이어들을 쳐다봤다. 그 눈빛이 마치 '이 정도는 다들 챙기는 것 아닌가요?'라고 말하는 것 같아서 플레이어들은 신희현과 눈을 마주치기가 두려웠다.

엘렌이 나타나서 말했다. 신희현한테 못된 것만 배웠다.

"이 정도는 길잡이라면 기본적으로 챙기는 물품입니다."

"……."

그렇구나. 저런 걸 기본적으로 챙기는구나.

길잡이들은 허탈해졌다. 사람이 얼마만큼 준비성이 철저하면 저런 걸 챙긴단 말인가.

"우리의 목표는 놈들을 서쪽으로 몰아 쫓아내는 겁니다. 곧 해가 집니다. 해가 지는 방향으로 놈들을 몰면 됩니다. 강민영 플레이어가 강동훈 플레이어를 보조하는 형식으로 움직입니다."

작전을 들은 강민영과 강동훈은 고개를 끄덕였다.

길잡이 중 몇이 의구심을 품었다.

"이런 걸로 진짜 가능할까……?"

"그래도 메인 던전 아탄티아인데……."

뭔가 소꿉장난하는 것도 아니고, 조금 이상하지 않은가.

"그래도 뭐 일단…… 빛의 성웅이니까……."

"시키는 대로 해봐야지. 여태까지 빛의 성웅 말을 들어서 손해 본 건 없으니까."

의구심을 품기는 했지만 그렇다고 딱히 방법이 있는 건 아니었다. 길잡이들이 고개를 끄덕이며 신희현의 인벤토리에서 나온 물건들을 하나씩 주워 들었다.

신희현이 말했다.

"시작합니다."

원주민들의 보금자리는 상당히 고지대에 위치해 있다. 올라가는 것이 일일 정도.

애초에 고지대에 있는데 그 고지대 중에서도 높은 곳에 자리 잡고 있다. 밑에서 보면 요새같이 보일 정도다.

강민영이 스킬을 구사했다.

"불 폭풍!"

신희현도 동시에 말했다.

"소환사의 비술."

거기에 더해.

"원더 소환."

원더를 소환했다.

"불길이 번지지 않도록 관리해."

강민영과 강동훈이 알아서 잘하겠지만 그래도 혹시 모르

니 조심하는 게 좋았다.

그리고.

[스킬, 에이드 커튼을 사용합니다.]

에이드 커튼을 활용하여 강민영에게 힘을 실어줬다. 바람을 만난 불이 점점 더 크게 활활 타올랐다.

신희현은 마틴, 루시아, 라비트까지 소환했다.

"마틴, 최대한 크게 소리를 질러."

마틴의 사자후는 꽹과리나 북 같은 것보다 훨씬 더 강력한 소음을 발생시킬 수 있을 거다.

"루시아는 공포탄을 쏘고."

"알겠습니다, 오빠."

거기에 라비트는 꽹과리를 들었다.

"나, 나는 검객이오!"

"이번에는 피를 보면 안 돼."

"검객은 손에서 검을 놓지 않는 법이오! 저 천둥 어린이에게 주는 것이 어떻겠소?"

이럴 줄 알았다.

신희현은 품 안에서 양평치즈 스페셜 에디션을 꺼내 들었다.

"수제 양평치즈 스페셜 에디션."

이래도 네가 안 하고 버틸까?

라비트의 수염이 파르르 떨렸다.

"머, 먹을 것에 유혹당하는 것은 어린아이뿐이오!"

"그래, 그럼 내가 먹을게."

"자, 잠깐!"

결국 라비트는 꽹과리를 들었다. 그리고 길잡이들과 함께 높은 지대에 위치한 원주민들의 보금자리를 돌며 소음을 일으켰다.

약 3분 정도가 흐르자 위쪽에 반응이 있었다.

"우끼끼!"

"우끼끼!"

원주민들이 아래를 쳐다보더니 인상을 잔뜩 찡그리고 귀를 막았다. 제자리에서 방방 뛰는가 하면 이쪽을 향해 잇몸을 잔뜩 드러내 보이며 위협하는 듯한 모양새를 취하기도 했다.

놈들을 서쪽으로 몰아낼 거다.

"서쪽을 제외하고 불길을 더 키워."

동쪽, 남쪽, 북쪽은 지금 불길에 의해 막혀 있다.

"강동훈은 불길 컨트롤에 집중한다."

마법과 정령술은 다르다. 마법이 파괴하는 힘이라면 정령술은 원소를 이용하는 것에 가깝다.

강민영이 먼저 마법을 발현해 불을 일궈냈고, 강동훈이 그에너지를 사용하여 훨씬 효율적으로 불길 관리를 하고 있는 거다.

동쪽, 남쪽, 북쪽의 길목을 불길로 모조리 차단해 버렸다.

그렇게 1시간 정도가 흘렀다.

플레이어들의 귀도 아파올 지경.

신희현이 씨익 웃었다.

'됐다.'

놈들이 뛰쳐나오기 시작했다. 서쪽 방향을 향해서.

"자, 작전이 먹혀들고 있습니다!"

플레이어들은 약간 망연자실(?)했다. 진짜 이런 방법이 통하다니.

막상 퀘스트 내용을 확인했을 때에는 막막했었다. 어떻게 안 죽이고 피를 흘리지 않고 쫓아내나 싶었는데.

'지, 진짜 통하다니.'

빛의 성웅이 또 정답을 내놓고 만 거다.

'대박이네.'

이런 방법이 진짜로 통하다니. 다소 황당했고 어이없었지만 어쨌든 통했다.

얼마 뒤 반가운 알림이 들려왔다.

[퀘스트: '원주민을 도와라!'가 클리어되었습니다.]

언제 나타났는지 도움을 청했던 원주민들이 '우끼끼! 우끼끼! 우끼끼! 역시 신의 용사들! 우끼끼! 우끼끼!'를 외치며 나타났다.

엉덩이를 흔들며 덩실덩실 춤을 췄다.

"우끼끼! 선물을 주겠다! 우끼끼!"

"감사의 선물! 우끼끼!"

[퀘스트 보상을 산정합니다.]

[원주민과의 친화도가 대폭 향상됩니다.]

그건 아무래도 좋았다. 어차피 다시 볼 일도 없다. 친화도가 대폭 향상된다고 해서 좋을 게 뭐가 있단 말인가.

중요한 건 이제 안으로 들어가서 아마도 촌장이라 짐작되는 원주민에게 '서약의 증표'라는 것을 받으면 이곳, 작은 대륙이 클리어된다.

플레이어들은 원주민들의 안내를 받아 안쪽으로 이동했다. 움막 같은 것들이 보였는데 제법 모양새가 잘 갖춰져 있었다.

신희현 일행이 한 움막 안으로 들어갔다. 보금자리 중앙에 있는 가장 커다란 움막이었다. 그곳에서 신희현은 과거와 달라진 무언가를 발견할 수 있었다.

그의 눈이 커졌다.

'다르다……!'

신희현은 뭔가를 발견했다.

'저건.'

아무리 봐도 히든 피스였다. 히든 피스가 노란빛을 피워내고 있었다.

"우끼끼! 신의 용사들! 우끼끼! 보상을 하고 싶다! 우끼끼!"

그리고 미닫이 형태의 문 하나를 열었다.

"우끼끼! 여기에 선물들이 있다! 우끼끼! 다 골라도 우끼끼! 된다!"

신희현을 비롯한 플레이어들은 전부 다른 의미로 감탄했다.

'저런 쓰레기들이…….'

'골동품들인가?'

아무래도 이 원주민들은 골동품을 수집하는 모양이었다.

날이 다 빠져 녹슨 검, 구멍이 송송 뚫린 갑옷, 썩은 과일 등 도무지 도움이 될 것 같지 않은 아이템투성이였다.

애초에 저걸 아이템이라고 부를 수 있는지조차 의심스러울 지경이었으니까.

불행인지 다행인지 시스템 알림이 들려왔다.

[플레이어는 보상을 선택할 수 있습니다.]

[원주민의 제안을 거절할 시 작은 대륙 클리어 보상을 선택할 수 있습니다.]

대다수의 플레이어가 당연하게도 시스템 보상을 선택했다.

누군가가 말했다.

"대박이다."

노블레스 등급 클리어였다. 그는 단 한 번도 노블레스 클리어를 경험해 보지 못한 플레이어였다.

"드디어 나한테도 노블레스 등급 클리어가 떴다고."

자신의 목소리가 굉장히 컸다는 것을 깨달은 그 플레이어는 민망한 듯 뒤통수를 긁적거리다가 신희현 앞에서 허리를 숙였다.

"감사합니다."

빛의 성웅 뒤를 졸졸 따라다니면 그 자체로도 최상급 플레이어가 될 수 있다더니, 그 말이 맞는 것 같았다.

한편, 신희현은 고민에 빠졌다.

'이렇게 간단하게 결정할 문제는 아냐.'

저기 보이는 히든 피스가 마음에 걸린다. 어쩌면 이 아이템들은 히든 피스 하나를 가리기 위한 위장 아이템일 수도 있다.

'히든 피스를 포기한다면…….'

작은 대륙 클리어에 혁혁한 공을 세운 자신은 아마도 프리미엄 노블레스 등급 클리어를 이룩할 수도 있다. 어떤 것이 보상으로 주어질지 모른다.

'하지만…….'

그렇게 간단한 문제는 아니었다.

'지금 모은 것이 3개.'

남은 구멍은 두 개다. 네 모서리에 하나씩 있는 구멍에 전부 채울 수 있을 거다.

가운데에 있는 구멍은 모양이 약간 다르게 생겼다. 4개를 모았을 때, 어떤 다른 단서를 얻을 수 있는 건 아닐까?

신희현이 말했다.

"저것도 줄 수 있나?"

아마도 촌장이라 짐작되는 원주민은 화들짝 놀랐다.

"우끼끼! 저, 저것은……! 우끼끼!"

거기서 신희현은 직감할 수 있었다. 이건 플레이어의 재량이다. NPC를 어떻게 구슬리고 다독이느냐에 따라 결과가 달라진다. 이를테면 '닥치고 부탁해라'처럼 말이다.

'일단은 우호적인 관계를 가져야겠지.'

신희현이 조심스레 말했다.

"이것들을 주겠다."

신희현이 내민 것은 다름 아닌 꽹과리였다. 부부젤라도 내밀었다.

"이렇게 하면 커다란 소리가 나지. 다시는 놈들이 얼씬도 하지 않을 거다."

"우, 우끼끼! 그렇게 소중하고 우끼끼! 위대한 보물을! 우끼끼!"

그다지 소중하지 않고 위대하지 않다. 대충 개당 10만 원쯤 주고 산 것 같다.

신희현이 비장한 표정을 지었다.

"이것은 내게도 아주 중요한 보물이다."

"우끼끼!"

원주민은 당황한 표정을 지었다. 손발이 바들바들 떨리고 윗입술과 아랫입술이 덜덜 떨렸다.

"우끼끼! 나, 나는……!"

"신뢰와 맹세의 증표로 나는 이것을 주겠다."

이건 뭐, 상당히 쉽네.

신희현은 그렇게 피식 웃었다. 수많은 NPC를 접해온 신희현이다. 보면 대충 감이 온다. 어떻게 상대를 해야 할지.

정 안 되면 '너희를 전부 죽여 버리겠다!'와 같은 협박을 해서라도 뜯어내려고 했다.

신희현도 이제 사기에는 도가 텄다.

"왜냐하면 나는 너희를 믿기 때문이다……!"

나지막하게 깔린 목소리.

그 목소리에는 신뢰라는 힘이 담겨져 있었다.

물론 '신뢰'라고 쓰고 '사기'라고 읽는다.

이러한 경우, 강탈했다가는 소유권이 인정되지 않을 수도 있다. 그래서 조금 시간이 걸리고 오그라들더라도 안전하게 돌아가고 있는 거다.

그리고 그 안전한 길은 정답에 가까웠던 모양이다.

"우끼끼!"

"신뢰는 그 무엇으로도 대체할 수 없는 가치지."

"우끼끼! 존경한다! 우끼끼! 우리도 신의 용사를 신뢰한다! 우끼끼!"

그는 감동의 눈물을 흘렸다. 눈물뿐만 아니라 콧물까지 흘렸는데 상당히 많이 감동한 것 같았다.

결국, 신희현의 농간(?)에 넘어간 원주민은 결국 제 손으로 그걸 들어다가 신희현에게 줬다.

[축하합니다!]

['히든 피스—작은 대륙'을 획득하였습니다.]

[히든 피스—작은 대륙의 소유권이 인정됩니다.]

역시 생각이 맞았다.

〈히든 피스—작은 대륙〉

작은 대륙을 클리어하는 데 혁혁한 공을 세운 플레이어에게 주어지는 숨겨진 조각. 작은 대륙을 클리어했다는 증표.

효과 :

　(1) 작은 대륙과 관련한 칭호 업그레이드

　(2) 확인 불가(5개의 히든 피스 필요)

효과는 다른 히든 피스와 같았다.

"고맙다. 네가 보내준 신뢰에 나도 신뢰로 보답하겠다."

신희현은 꽹과리와 북 등을 원주민에게 전해줬다. 그 숫자가 무려 수십에 달했다.

원주민의 눈에 눈물이 글썽거렸다. 그는 정말로 감동한 것 같았다. 두 팔을 번쩍 들어 올리고 덩실덩실 춤을 추더니.

"우끼끼! 신뢰에는 신뢰로! 우끼끼!"

플레이어들의 손을 맞잡고 밖으로 나갔다.

"우끼끼!"

"우끼끼!"

원주민들이 빙글빙글 돌면서 춤을 췄다. 흡사 강강술래를 하는 느낌이었다.

[원주민들이 기뻐합니다.]

[원주민들이 신의 용사들을 칭송합니다.]

[원주민들의 신뢰를 획득하였습니다.]

그것으로 작은 대륙이 클리어되었다.

[축하합니다!]

[작은 대륙이 클리어되었습니다.]

얼떨결에 침팬지를 닮은 원주민의 손에 이끌려 나가 춤을 추게 된 플레이어들이 하나둘 모습을 감추기 시작했다. 아탄티아호로 전송되고 있는 거다.

그 짧은 사이에 강민영과 신희현은 가볍게 입맞춤했다.

"이따 봐, 우리 이쁜 민영이."

"이따 봐, 오빠."

마지막에 남은 사람이 신희현이었다. 신희현은 다른 플레이어들과는 약간 달랐다. 바로 전송되지 않았다.

'뭐지?'

뭔가 했더니.

['작은 대륙을 정복한 자' 칭호를 획득하였습니다.]

칭호가 남았었다. 다른 플레이어들이 전송된 시간으로 미루어 보면 그들에게는 '작은 대륙을 정복한 자' 칭호조차 주어지지 않은 것 같았다.

신희현에게 알림이 이어졌다.

[원주민과의 친화도를 확인합니다.]
[원주민과의 친화도가 대폭 향상되었음을 확인합니다.]

전혀 중요하지 않다고 생각했던 보상. 원주민과의 친화도가 대폭 향상되었음을 확인한다는 알림이었다.

'그게 칭호 등급에 영향을 주는 보상이었나?'

아무래도 그게 맞는 것 같았다.

['작은 대륙을 정복한 위대한 자' 칭호를 획득하였습니다.]

다른 곳들과 마찬가지였다. 정복한 자, 정복한 위대한 자, 그리고 그다음은 '다스리는 자'였다.

'설마…….'

원주민들이 덩실덩실 춤을 추고 신뢰를 보내고, 그러한 것들이 이 칭호에 직접적인 연관이 있었던 것이란 말인가.

전혀 예상하지 못했었다. 과거에도 이런 건 보지 못했고.

아까 들렸던 알림과 비슷한 알림이 이어졌다.

[원주민들이 기뻐함을 확인합니다.]

[원주민들이 신의 용사들을 칭송함을 확인합니다.]

[원주민들의 신뢰를 획득하였음을 확인합니다.]

그것들 역시 모두 칭호에 영향을 주는 요소들이었다.

다만 약간 부족한 것 같았다.

['작은 대륙을 정복한 위대한 자' 칭호가 유지됩니다.]

뭔가 좀 더 획기적인 것이 필요했다. 그리고 그 획기적인 것을, 신희현은 이미 갖고 있었다.

바로 히든 피스.

신희현이 히든 피스의 ⑴번 효과를 사용했다.

[히든 피스의 칭호 효과가 적용됩니다.]

['작은 대륙을 정복한 위대한 자' 칭호가 회수됩니다.]

그리고 결국.

['작은 대륙을 다스리는 자' 칭호를 획득하였습니다.]

작은 대륙에서마저 '다스리는 자' 칭호를 얻어낼 수 있었다.

신희현은 씨익 웃었다. 뭔가, 또 해냈다는 기분이 들었다.

'작은 대륙을 다스리는 자라……. 좋네.'

칭호 효과를 확인을 해볼 필요가 있었다.

잠시후, 그 역시 '아호'로 전송되었다.

캡틴이 두 팔을 들어 올리며 활짝 웃었다.

"오오! 세상에나! 이렇게 많은 인원이 살아 돌아왔다니!

정말 대단해! 아아아아아아~ 주 대단해! 멋져! 멋져!"

그는 이 '항해'에 굉장히 만족을 하는 것 같았다.

그러고는 고개를 갸웃했다.

"그런데 그분은 왜 안 오셔?"

플레이어들도 고개를 갸웃했다.

'그분'이란다. 캡틴이 여기서 '그분'이라 부를 사람이 있었던가.

김상목이 '그분'에 대해 유추했다.

'혹시…… 신희현 플레이어를 말하는 건가?'

신희현 말고는 캡틴이 '그분'이라고 말할 사람이 없을 것 같다는 생각이 들었다. 실제로 그는 아직 전송되지 않은 상태였고.

'처음에는 막 대했었는데.'

그런데 시간이 지나면 지날수록 캡틴은 플레이어들, 더 정확히 말하자면 신희현에게 점점 정중해지더니 급기야는 '그분'이라고 칭하기까지 했다.

이윽고 신희현이 전송되자 캡틴이 활짝 웃었다.

"오셨군요! 고생 많으셨습니다!"

라고 말하며 활짝 웃었다.

신희현마저도 황당했다. 캡틴이 조금씩 변화하고 있다는 건 느꼈지만 이렇게 많이 변할 줄이야. 과거에는, 플레이어들을 죽이기까지 했던 가이드 아니었던가.

신희현은 떨떠름해하면서 일단 고개를 끄덕였다.

'칭호 효과를 확인해야지.'

캡틴은 신희현의 마음을 읽기라도 한 듯 조심스레 말했다.

"이거이거, 제가 괜히 깊은 생각에 방해를 하고 있는 게 아닌가! 하하핫! 일단 다음 목적지로 이동하겠습니다! 마지막 항해! 두그두그두그! 여왕의 성입니다!"

신희현도 알고 있다.

아탄티아의 마지막 관문. 그리고 최악의 난이도를 자랑하는 '여왕의 성'. 그 어떤 잔꾀나 편법이 통하지 않는 '정통 레이드'를 해야만 하는 곳. 신희현 자신이 앞장서서 지휘한다 하더라도 분명 큰 피해가 발생할 것이라 짐작하고 있는 곳.

이미 알고 있다. 그러니 지금은 이미 알고 있는 사실보다는 모르고 있는 칭호 효과가 더 중요했다.

〈작은 대륙을 다스리는 자〉

작은 대륙을 정복한 위대한 군주에게 주어지는 칭호.

효과 :

   (1) 특정 스킬의 소모 마력 50퍼센트 감소

   (2) 아탄티아 군주 자격 획득

'다스리는 자' 칭호의 효과는 굉장히 좋다고 볼 수 있었다.

신희현은 행복한(?) 고민에 휩싸였다.

'마력 소모를 50퍼센트나 줄여준다?'

이 정도면 소환사의 비술과 함께 사용하여 정령왕 칸드를 매우 효과적으로 부릴 수 있게 될 거다. 정령왕 칸드가 들으면 까무러칠지도 모르겠지만. 윈더가 하고 있는 잡일(?)을 정령왕이 하게 될지도 모를 일이다.

'하지만 라이나 소환에 적용하면?'

그러면 지금 겨우 3초 유지할 수 있는 것이 아마 6초 정도로 늘어나게 될 거다. 자신의 수준이 높아지면 높아질수록 그 시간은 점점 더 늘어나게 될 거고.

중앙 제단에서 라이나의 힘을 이미 확인했다. 그 절대적인 힘을 최대 6초가량 부리느냐, 아니면 효율적으로 정령왕의 힘을 사용하느냐. 그것이 갈림길이라 할 수 있었다.

'일단 보류.'

급한 건 아니니 잠시 보류해 두기로 했다. 지금은 다른 걸 해야 할 때다.

다른 항해들과는 달리 '여왕의 성'에는 금방 도착한다.

"저기 보이는 곳이 바로 여왕의 성이다!"

극악무도한 난이도를 자랑하는 아탄티아의 최후 관문, 여왕의 성이 모습을 드러냈다.

한 번의 도전에서 한 플레이어의 두 번의 관문 도전 룰에서 벗어나 있는, 아예 다른 곳이라 할 수 있었다.

캡틴이 말을 이었다.

"너희들 전원이 들어가도 좋다!"

신희현도 마음의 준비를 하고 있는 중이다. 여왕을 레이드할 준비도 갖춰놨다.

"몇 명이나 살아남을지 모르겠지만! 클리어에 성공한다면 너희들은 역사에 길이길이 이름을 남길 수 있을 것이다! 위대한 선원이 되는 것이야!"

여기까지는 과거와 같았다.

그런데 이상한 일이 벌어졌다.

"하지만……! 저분께 먼저 여쭤봐야겠지!"

캡틴이 신희현을 향해 뚜벅뚜벅 걸어왔다. 그러곤 캡틴이 한쪽 무릎을 꿇었다.

이해할 수 없었다. 신희현도 캡틴이 뭘 하고 있는 건지 알 수 없었다.

'뭐지?'

4장
여왕의 성

한쪽 무릎을 꿇은 상태의 그가 입을 열었다.

"군주 되실 분께서는 어떤 결정을 내리실 겁니까?"

원래 캡틴에게는 존대를 하는 게 옳다. 과거에는 그랬다. 캡틴은 약간 조울증을 갖고 있다. 기뻐할 땐 한없이 기뻐하다가도 수틀리면 플레이어를 죽이기도 했다. 그래서 조심했어야 했다.

하지만 이러한 경우, 처세를 잘해야 했다. 캡틴이 먼저 이렇게 숙이고 들어왔다. 그러면 상급자로서 예를 취하는 게 맞다.

NPC를 대하는 데 익숙한 신희현이다. 캡틴이 자신에게 원하는 태도가 어떤 태도인지 단박에 파악하고 그에 따라 행동했다.

"결정?"

"예, 군주 되실 분께서는 선택을 하실 수 있으니까요!"

무슨 선택인지 잘 모르겠다.

그때, 알림이 들려왔다.

[여왕의 성에 최소 인원으로 도전할 수 있습니다.]

[여왕의 성에 최소 인원으로 도전하시겠습니까?]

[여왕의 성의 최소 인원은 3명입니다.]

[여왕의 성에 최소 인원으로 도전할 시, 입장 인원이 3명으로 제
한됩니다.]

신희현은 순간, '미친 소리 집어치워'라고 외칠 뻔했다.

여왕을 셋이서 잡는다?

그건 말도 안 된다. 보스 몹 보정으로 인하여 어차피 레벨
도 동결될 것이 뻔하고, 그러면 일대일로는 승산이 없다.

약점을 몇 가지 파악하고는 있지만, 그것만 가지고는 어림
도 없으니까.

'그런데…… 나한테 어째서?'

군주의 자격을 4개나 획득했기 때문인가.

'과거에는 이러지 않았다.'

과거에는 이런 선택 같은 건 없었다.

'군주의 자격이라는 게…… 열쇠다.'

메인 던전 아탄티아. 이곳에는 자신이 모르는 비밀이 더 있을 것이 틀림없었다.

'확실히 과거에는 나 같은 플레이어가 없었으니까. 그래서 이러한 퀘스트가 발동되지 않았던 거겠지.'

그때, 최성일과 임설희가 가까이 다가왔다. 최성일이 먼저 입을 열었다.

"저희에게 퀘스트가 떴습니다."

"퀘스트요?"

캡틴은 대화에 끼어드는 최성일과 임설희를 못마땅한 눈으로 쳐다봤지만 딱히 제지하지는 않았다. 과거였다면 '내가 얘기하는데 왜 끼어들어! 죽을래!'라며 발광을 했을지도 모를 일.

신희현은 그 사소한 걸 놓치지 않았다.

'확실히. 가만히 있는군.'

캡틴의 행동을 파악한 뒤 최성일의 대답을 기다렸다.

"히든 던전, 고대 여왕 성에 도전할 수 있게 됐습니다. 지도가 퀘스트 조건을 부여했네요. 다만…… 위치는 확인할 수가 없어요. 분명 여기 어딘가에 있는 것 같은데."

최성일과 임설희는 여태까지 히든 던전들을 둘이서 클리어해 왔다. 저번에는 신희현의 도움이 있었지만.

하여튼 둘 역시 히든 던전이라면 도전할 가치가 있다고 봤다.

신희현은 순간 멍해졌다.

'고대 여왕 성?'

고대라는 키워드가 들어간 던전이 등장했다.

여왕 성이 아닌, 고대 여왕 성이라고?

다른 곳에도 생각이 미쳤다.

'혹시 찬영이 형은……?'

그렇다면 또 다른 히든 던전을 클리어하고 있는 임찬영이라면?

'딱히 새로운 게 뜨지는 않았나 본데.'

임찬영은 가만히 있었다.

신희현은 생각에 잠겼다. 캡틴은 신희현의 생각을 방해하지 않겠다는 듯, 아예 배를 정박시키고 입을 다물었다.

'아탄티아는…… 일반 던전과 다르다.'

여태까지의 상황들을 종합해 봤다. 그러면 결론이 나올 테니까.

'각 관문들은 각 관문에 있어서 가장 큰 공헌을 한 플레이어에게 히든 피스를 준다.'

그냥 큰 공헌이 아니다. '굉장히 큰 공헌'이다.

'히든 피스를 얻으면 칭호 효과가 업그레이드되고 군주의 자격을 얻는다.'

군주의 자격을 얻고 다음 관문으로 넘어가게 되면.

'다른 관문을 좀 더 쉽게 클리어할 수 있는 듯한…… 그런

기분이 든다.'

상생의 미로에서 확실히 느꼈다. 던전이 플레이어에게 우호적으로 변했다. 그 미묘한 감각을 놓칠 만큼 신희현은 어리숙하지 않았다.

'그리고⋯⋯ 중앙 제단에서도 내 자질을 시험했지.'

세 명의 플레이어가 들어와야 했다.

'성군의 자질과 비슷한 느낌인가.'

거기서 끝이 아니었다. 상생의 길을 선택하는 것 역시 옳은 선택이었다.

'게다가 상생의 길은⋯⋯ 내가 이미 평화의 섬에서 겪었던 타입의 관문이었다.'

앞선 던전들, 그중에서도 아탄티아 클리어에 큰 영향을 끼치는 아이템을 보상으로 주는 던전들의 경우는 '아탄티아의 축소판'이나 다름없었다. 즉, 이러한 관문들은 서로 어떤 식으로든 연결이 되어 있다는 뜻이다.

'거기서도 내 자질을 평가했고.'

결국 시험에는 통과한 것 같았다.

'그리고 캡틴이 내게 제안을 했지.'

여왕의 성에 혼자, 아니, 셋이서 도전한다?

'이것 역시⋯⋯.'

어쩌면.

'내 자질을 시험하는 것인가?'

여기까지 생각이 미쳤다. 그렇다면 남은 문제는 이제 '어떤 자질'이냐 하는 거다.

'용기?'

최소의 인원으로 도전할 수 있는 용기를 선택해야 하는 것이냐.

'협력?'

그 제안을 뿌리치고 플레이어들과 함께 클리어하는 것이냐.

'어떤 자질이지?'

과거를 떠올렸다. 여왕의 성에서 있었던 일들, 무지막지했던 보스 몬스터 여왕.

'그러고 보니…….'

처음에는 여왕도 우호적이었었다. 보스 몬스터인지 아닌지조차 헷갈릴 정도로.

그녀는 굉장히 아름다웠고 또한 고혹적이었다. 목소리만으로도 사람을 홀릴 수 있을 정도였다.

실제 레이드가 벌어진 직후, 그녀의 목소리에 플레이어 13명이 녹았다. 표현상 녹았다는 것이 아니라 실제로 몸이 녹아내렸다. 여왕의 '녹아버리렴'이라는 그 말에 말이다.

'여왕이 화를 냈던 순간은…….'

여태까지는 여왕을 보스 몬스터로만 생각했다. 그래서 쭉 생각해 왔다. 어차피 언젠가는 공격을 할 몬스터라고.

'우리가 여왕의 성에 머물게 된 4일째였다.'

3일째까지는 편하게 지냈다. 시녀도 제공됐다. 서큐버스 타입의 시녀들. 그녀들 역시 굉장히 예뻤고, 신희현이 알기로 그녀들과 성관계를 가진 플레이어도 상당히 많았다.

그리고 4일째에 일이 벌어졌다.

"자격도 없는 쓰레기들이 내 성의 식량을 축내는 것이냐!"

신희현은 이러한 모든 내용을 '시스템상 스토리'라 단정 지었었다. 촌장이 손녀를 잃어버려서 그걸 구구절절 설명하고 있는 것 같은, 그런 스토리 말이다.

그 퀘스트에 있어서 촌장이 무슨 말을 어떻게 하든 결국 본질은 '손녀를 찾아주는 것'이다.

'그래서 나는 3일간의 휴식을 가지고 레이드에 임하는 것으로 판단했었다.'

하지만 지금 생각해 보면 이상한 일이다.

'시스템이 플레이어에게 그렇게 친절했던가?'

굳이 보스 몬스터의 성에서 3일간의 휴식 시간을 줄 정도로?

'아니, 그렇지 않아.'

대도 최성일과 도적 임설희와의 관계를 되짚어 살펴봤다.

그리고 결론을 내릴 수 있었다.

'여왕이 화를 냈던 건, 우리가 자격을 갖추지 못했었기 때문이다.'

그리고.

'그 3일은 마지막 자격을 찾아야만 하는, 그 시간이었던 거다.'

이제야 머릿속이 밝아지는 것 같았다.

'지금 내가 4개의 군주의 자격을 획득하고 있어.'

아직 1개가 남았다. 그런데 관문은 이제 없다. 신희현이 알기로 여왕의 성이 끝이다. 여왕을 잡고 나면 아탄티아가 클리어될 테니까.

하나 남은 관문?

'좌로 우로 굽은 길, 위 아래로 꺾인 길, 영원히 헤매는 기로와 선택의 갈림길.'

최성일과 임설희가 단서를 가지고 있었다. 그들이 클리어 하고 있는 히든 던전 말이다.

그 둘이 가진 단서, 그리고 신희현이 가진 단서.

'내게는 고대 관련 히든 던전 프리 패스가 주어졌다.'

그것은 '지저의 천공'에서 주어졌었다. 지저의 천공에서 주어진 프리 패스. 이것은 곧 다음 관문을 대비할 수 있는 아이템이 아니었을까.

착실히 던전을 클리어해 가고 있다는 증거.

'앞선 관문의 아이템이 다음 관문에서 결정적인 역할을 한다.'

그게 바로 결정적인 증거다. 최후의 던전에서도 통용되는 법칙 말이다.

신희현이 결정을 내렸다.

"캡틴, 결정을 내렸다."

신희현은 최성일, 임설희와 함께 '여왕의 성'에 입장했다.

섬이었다. 전체적으로 어두운 분위기. 검붉은 구름이 보였다. 만약 비가 내린다면 검붉은 비가 내릴 것 같았다.

저만치 멀리, 높이 우뚝 솟은 절벽이 보였고 그 위에 성이 하나 보였다.

신희현이 말했다.

"우리의 목적지는 저 성입니다."

임설희가 떨떠름해했다.

"음산해 보이네요."

"여기 분위기가 좀 그래요. 하지만 안에 들어가면 완전히 다를 겁니다."

고풍스러움과 고급스러움이 한데 어우러진, 최신식 인테리어를 갖춘 초호화 별장 부럽지 않은 곳이 바로 여왕의 성이다.

신희현은 확신했다. 이곳, '여왕의 성' 안에 '고대 여왕의 성'이 숨어 있을 거라고.

신희현은 과거를 떠올렸다.

'우리는 저곳까지 가장 가까운 길로 통과했었다.'

그건 함정이었던 것 같다. 다시 한번 떠올렸다.

'좌로 우로 굽은 길, 위 아래로 꺾인 길, 영원히 헤매는 기로와 선택의 갈림길.'

여왕의 성으로 향하는 길. 그게 힌트였다.

'저 절벽으로 향하는 길에도 규칙이 숨어 있었던 거겠지.'

일직선 길, 가장 빠르고 안전해 보이는 길로 가는 게 능사가 아니다. 어차피 여왕이 본격적으로 활동하는 건 저기 보이는 성안에 들어간 뒤, 3일이 지나야 한다.

"이동합니다."

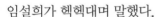

임설희가 헥헥대며 말했다.

"조금만 쉬었다 가는 게 어떨까요?"

말은 안 했지만 최성일도 지친 기색이 역력했다.

굉장히 빠른 속도로 성을 향해 접근한 지 벌써 25시간이 흘렀다.

신희현이 고개를 끄덕였다.

"알겠습니다. 조금 쉬죠."

임설희는 죽은 나무 밑동에 등을 기대고 앉아서 물을 마셨다. 그러고서 말했다.

"전혀 가까워지는 것 같지가 않아요."

최성일도 고개를 끄덕였다.

"혹시 저희는 미로에 갇힌 겁니까?"

신희현이 고개를 끄덕였다.

"아무래도 그런 것 같네요."

최성일과 임설희는 울고 싶었다.

아니, 제발요. 그런 농담 그렇게 쉽게 하지 말아요. 지금
은 셋밖에 없다고요. 젠장.

최성일은 말하고 싶었지만 참았다.

신희현이 씨익 웃었다.

"여왕의 성으로 향하는 수많은 길들 중 좌로 꺾이고, 우로
꺾인 뒤, 위 아래로 경사가 진 길을 찾아 이동했습니다. 오는
동안 탐사를 해봤는데 이러한 길이 딱 하나 있더군요."

윈더를 부리면서 확인해 본 결과다. 여왕의 성으로 향하는
길은 굉장히 많은데, 그중 이 조건을 갖춘 길은 몇 되지 않았
다. 정확히 말하자면 7개였는데 신희현은 지금 6개의 길을
가 봤다.

이번이 7번째 길이다. 하지만 거짓말을 했다. 이런 길이
하나밖에 없다고.

최성일은 뭔가 이상했다.

'아닌 거 같은데……!'

하지만 어쩔 수 있는가. 여기에는 길잡이가 한 명뿐이다. 던전의 길이라는 게 워낙 이상해서 길잡이가 아닌 이상 제대로 된 길을 찾기가 어렵다. 내가 생각하기에 똑같은 길 몇 번 갔어도 어쩌면 그건 다른 길일 수도 있다. 때문에 그는 신희현이 자신의 실수(?)를 감추기 위해 거짓말을 하고 있다는 걸 전혀 알 수 없었다.

엘렌의 날개만이 살랑살랑 흔들렸다.

그때, 기지개를 켜던 임설희가 나뭇가지 위에서 뭔가를 발견했다.

"어? 저기 뭔가가 있는데요?"

임설희는 재빨리 몸을 일으켜 나무를 잽싸게 타고 올라갔다. 그러고는 나뭇가지 위에 걸려 있는 동그란 구슬, 그러니까 히든 피스와 제법 비슷하게 생긴 무언가를 가지고 다시 내려왔다.

신희현이 그걸 받아 들었다. 히든 보드를 꺼냈다.

"이제는…….."

여태까지 좌로 우로 굽은 길, 위 아래로 꺾인 길을 거쳐 왔다. 그게 이 '이상한 구슬'을 생성시키는 일종의 조건인 듯했다. 그리고 결국 이것을 발견했다.

임설희가 고개를 갸웃했다.

"모양이…… 꼭 맞겠는데요?"

신희현이 그걸 히든 보드에 끼웠다. 꼭 맞았다.

'확실히 딱 맞네.'

제대로 가고 있다는 소리다.

조건들은 클리어했고 그들의 지도가 알리는 말, 그중 끝에 있는 것들.

신희현이 말을 이었다.

"영원히 헤매는 기로와 선택의 갈림길."

그와 동시에 알림이 활성화되었다.

['고대 여왕의 성' 발동 조건을 확인합니다.]

[고대 여왕의 성이 발동됩니다.]

그리고 라이나가 외쳤다. 여신과는 사뭇 어울리지 않는 목소리로 말이다.

'이 미친놈아!'

그녀가 다급하게 외쳤다.

'빨리! 빨리! 빨리!'

신희현은 고개를 갸웃했다.

'뭐?'

빨리, 빨리, 빨리 무엇을 하란 말인가.

라이나가 다급하게 외쳤다.

'그 프리 패스인지 나발인지. 그거 빨리 쓰라고!'

'응?'

'아, 빨리! 이유는 묻지 말고!'

그때 알림이 들려왔다.

[불굴의 의지 +7이 저항합니다.]

[저항에 실패하였.]

거기까지 들은 뒤, 신희현은 지체 없이 '프리 패스'를 사용했다.

안 그래도 심적으로 준비는 하고 있었다. 지난 단계에서 얻은 보상이다. 다음 단계에서 쓰는 건 그리 아까운 게 아니다.

[고대 히든 던전 프리 패스를 사용하였습니다.]

그리고 신희현은 발견할 수 있었다.

'언제?'

최성일과 임설희는 석화가 진행된 상태. 몸 전체가 돌로 변해 있었다. 거기까지 확인한 신희현은 보상의 방으로 이동됐다.

'나는 불굴의 의지 덕분에 몇 초나마 저항한 건가?'

그냥 불굴의 의지도 아니고 불굴의 의지+7인데, 잠깐 몇 초 저항한 것이 다인 것 같았다.

'클리어가 되었으니 두 사람도 원래대로 돌아오겠지.'

뭐 이런 무지막지한 던전이 다 있나 싶다. 들어오자마자 플레이어를 석화시켜 버리다니.

'그러니까…… 이 던전은…….'

신희현 하나만 있어도 안 되고, 최성일과 임설희만 있어도 안 된다는 소리다.

신희현만 있었으면 이 던전의 발동 요건을 알아차리지 못했을 거다. 최성일과 임설희만 있었으면 이렇게 들어오자마자 석화되어 버렸을 거고.

석화가 풀리지 않는다는 건, 곧 죽음을 의미한다.

'서로 다른 히든 던전을 클리어하고 있는 플레이어들이 만나야만 클리어가 가능한 곳이었다.'

그와 동시에 매우 위험한 던전.

'그래서 라이나 네가 이렇게 난리를 친 건가?'

'평소에는 머리가 그렇게 핑핑 돌아가는 놈이 어째서 이번에는 어물쩡거린 거야?'

평소에 머리가 핑핑 돌아간다기보다는 과거의 경험이 그를 안전한 길로 인도하고 있는 거지만.

[고대 여왕의 성 클리어가 인정됩니다.]

[보상을 산정합니다.]

[최저 시간을 인정합니다.]

[최소 인원을 인정합니다.]

[최저 레벨을 인정합니다.]

이거 설마, 노블레스인가. 프리 패스를 사용했는데도 보상을 두둑이 주는 건가.

신희현은 약간이나마 기대했다. 프리 패스가 없었으면 클리어할 수 없는 던전이었던 것 같다.

[임페리얼 노블레스 등급으로 산정됩니다.]

신희현은 눈을 크게 떴다.

'임페리얼 노블레스?'

신희현도 딱 한 번 경험해 봤다.

임페리얼 노블레스.

클리어를 해본 건 아니고 밝음의 여신 라이나가 바로 임페리얼 노블레스 등급의 수호신 아니었던가.

신희현이 알기로 최상위 등급의 클리어로 인정됐다.

'보상은……?'

그런데 아쉬운 알림이 이어졌다.

[히든 던전 프리 패스 사용이 확인됩니다.]
[임페리얼 노블레스 클리어 등급이 회수됩니다.]
[클리어 등급이 대폭 하향 조정됩니다.]

그래서 하향 조정이 되었는데 덕분에 신희현이 받게 된 클리어 등급은 노블레스 등급이었다.

'이게 뭐냐.'

라이나의 일침이 들려왔다.

'살아 있다는 것에 감사해.'

'고대 여왕의 성이 도대체 뭔데?'

'…….'

이 마음 편한 여신은 자기가 말하고 싶을 때만 말을 하고선 또 잠수를 타버렸다.

"엘렌, 보상 확인해 줘."

엘렌이 날개를 활짝 폈다.

"이번 보상에 관하여 말씀드리겠습니다."

신희현은 '고대 여왕의 성'을 너무나 쉽게 클리어했고, 그곳에서 '히든 피스-고대 여왕의 성'을 얻을 수 있었다.

다른 관문들과 달리 또 다른 칭호는 주어지지 않았다. 예를 들어 '고대 여왕의 성을 다스리는 자', 이런 칭호 말이다.

그 부분은 아쉬웠지만, 어쨌든 히든 피스 5개를 모두 모았다.

신희현은 히든 보드를 꺼내 들었다.

'아까 임설희가 발견했던 건…… 진짜 히든 피스가 아니었지.'

단순히 이곳, 그러니까 고대 여왕성을 열어줄 열쇠였고, 이번에 주어진 게 진짜 히든 피스인 모양이었다.

신희현은 히든 보드에 히든 피스를 꽂아 넣었다.

히든 보드에서 황금색 빛줄기가 하늘 높이 치솟아 올랐다. 보상의 방 안인데도 불구하고 붉은색 구름이 떠 있는 하늘이 보였다. 그 하늘을 황금색 빛줄기가 반으로 갈랐다. 하늘이 두 동강 난 것처럼 보였다.

'이런 시각적 효과라니.'

이 정도의 시각적 효과가 있다는 건 그만큼 뭔가 커다란 것이 있다는 거다.

'뭐지?'

그때, 엘렌의 몸이 하얗게 빛나기 시작했다. 굉장히 중요한 시스템적 알림이 있을 때, 파트너의 몸을 통하여 알림이 전달될 때 파트너의 몸이 저렇게 변한다.

저 상태에서는 일방적인 알림이 아니게 된다. 엘렌을 통해 질문을 던질 수 있다. 그러면 시스템은 그 질문에 대한 답을 내놓는다.

일방적으로 '~했습니다'와 같은 알림과는 질적으로 다르다는 소리다.

'나도 좀 이상한 기분이 드네.'

당연히 좋은 거다. 지금도 좋은 시스템이라 생각하고 있다. 실제로 엘렌이 처음 저랬을 때에는 별생각 없었다.

그런데 지금은 좀 기분이 나쁘다.

'엘렌을 마음대로 조종하는 건가?'

모르겠다. 이놈의 시스템이 도대체 뭔지.

일단은 알림을 듣기로 했다.

엘렌이 말했다.

"축하합니다. 신희현 플레이어께서는 히든 피스를 모두 획득하셨습니다. 그에 따른 보상이 주어집니다."

"……."

"다스리는 자 칭호에 감춰져 있던 특수 효과가 발동됩니다. 허무의 들판, 지저의 천공, 심연의 바다, 작은 대륙을 다스리는 자. 네 가지 칭호가 통합됩니다. 단, 이전에 적용되었던 효과들은 사라지지 않습니다."

칭호에 적용되어 있던 효과들은 사라지지 않는단다.

다행이었다.

"네 가지 칭호가 통합되어 '아탄티아를 다스리는 자'로 변경 완료되었습니다."

"칭호 효과는?"

"확인할 수 없습니다."

신희현은 순간 인상을 찡그렸다.

아니, 칭호 죄다 빼앗아 놓고서는 확인할 수 없다니? 뭔 놈의 시스템이 이렇게 제멋대로이란 말인가.

"확인 조건은?"

"아탄티아 클리어 최종 클리어 시, 아탄티아를 다스리는 자의 효과가 최종 확인됩니다."

"보상은 이게 끝이야?"

"아탄티아의 군주 칭호를 획득함으로써 특수 효과가 1개 발동되었음을 확인하였습니다."

아, 그러니까 그 특수 효과가 뭔데.

신희현은 답답해졌지만 엘렌은 대답해 줄 생각이 없어 보였다.

"보상의 방을 탈출합니다. 고대 여왕의 성에서 여왕의 성으로 이동합니다."

알림은 거기까지였다.

밖으로 나왔다. 최성일과 임설희가 먼저 보상의 방을 탈출하여 '여왕의 성'으로 복귀해 있었다.

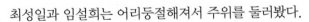

최성일과 임설희는 어리둥절해져서 주위를 둘러봤다.

"뭐가 어떻게 된 거야?"

"그, 글쎄. 모르겠어."

그러던 차, 신희현도 이곳에 전송되었다.

"신희현 씨, 어떻게 된 거죠?"

"어떻게 기억합니까?"

"모르겠어요. 들어갔는데 갑자기 보상의 방으로 이동되었어요."

신희현은 상황을 쉽게 파악할 수 있었다. 이럴 때야말로 빛의 허세를 부릴 때다. 성군의 증표에 긍정적인 영향을 끼칠 수 있도록 말이다.

"두 분은 입장과 동시에 석화가 진행되었습니다."

"……뭐라고요?"

"……."

최성일과 임설희는 충격에 빠진 것 같았다. 들어가자마자 석화라니.

"두 분을 원래대로 돌릴 방법이 없었습니다. 그래서 제가 혼자서 클리어했습니다."

최성일은 신희현을 쳐다봤다.

'우리 둘이 들어가자마자 석화될 정도의 던전을……? 혼자서?'

엘렌이 곱디고운 날개를 활짝 펼치고 근엄한 표정을 지으며 모습을 드러냈다. 이제 그녀는 한껏 과감해졌다.

"신희현 플레이어께는 던전 탈출권이 하나 있었습니다."

"……."

……응?

신희현은 아무런 말도 하지 않았다. 엘렌이 이제 사기에

도가 튼 것 같다. 신희현은 이걸 좋아해야 할지 말아야 할지 도통 감을 잡지 못했다.

"하지만 신희현 플레이어께서는 여러분을 포기할 수 없어서 클리어를 진행하였습니다."

"……."

"……."

신희현은 침묵했다.

최성일과 임설희는 다른 의미로 침묵했다. 그러고서 감사를 표했다.

최성일과 임설희가 각각 말했다.

"정말 감사합니다."

"이 은혜를 어찌 갚아야 할지 모르겠어요."

신희현이 자신들을 버리고 그냥 탈출했다면?

그 누구도 욕하지 못했을 거다. 던전이란 원래 그런 곳이니까.

그런데 위험을 감수하고 클리어를 했단다. 자신들을 순식간에 석화시켜 버렸을 정도의 위력을 가진 던전이었는데.

"……아…… 아닙니다."

우연의 일치였을까.

[성군의 증표에 긍정적인 영향을 끼칩니다.]
[성군의 증표에 긍정적인 영향을 끼칩니다.]

[성군의 증표에 긍정적인 영향을 끼칩니다.]

연속해서 세 번이나 알림이 들려왔다.

신희현은 허허 하고 남몰래 웃었다. 영체화 상태로 돌아간 엘렌이 굳이 뒤돌아서 있었는데.

'설마 웃고 있는 거?'

굳이 뒤돌아 있는 엘렌의 뒤통수 너머에 어쩌면 미소가 자리 잡고 있을지도 모르겠다는 이상한(?) 생각이 들었다.

'아니, 그럴 리 없지. 엘렌이 대놓고 웃다니. 그건 있을 수 없는 일이야.'

신희현은 그렇게 생각한 뒤, 상황 파악을 위해 주위를 한 번 둘러봤다.

그런데 이상한 일이 벌어졌다.

신희현은 긴장했다.

저 여자들, 낯이 익다.

하나같이 아름다운 저 여자들은 인간과는 다른 형태다.

저들은 검은색 꼬리와 검은색 날개를 가졌다. 백옥같이 하얀 피부에 형형색색의 머리카락과 눈동자를 가진 종족이다.

플레이어들은 저들을 일컬어 '서큐버스'라고 불렀다.

"아탄티아를 다스리는 이가 오셨어요."

임설희는 황급히 최성일의 눈을 단속했다. 그러고는 아주 작게 속삭였다. 더 정확히 말하자면 아주 작게 으르렁거렸다.

"보지 마라. 보면 죽는다."

옷도 굉장히 야했다. 수영복이나 다름없을 정도로 짧은 팬츠에 가죽 부츠, 혹은 하이힐을 신은 여자들이었고 대부분이 배꼽티를 입고 있었는데 몸매가 비현실에 가까웠다.

애니메이션 속에서나 등장할 법한 비현실적인 몸매.

그중에서도 선두에 선 여자가 신희현 앞에 서서 고혹적인 미소를 흘렸다.

"꽃길을 준비했사와요."

신희현은 이 여자를 이미 알고 있다.

"너는 누구지?"

여왕의 제1집사, 아델리스다.

여왕 레이드에 있어서 가장 거슬렸던 여자이기도 했다.

"아 참, 흥분한 나머지 제 소개를 잊었사와요. 제 이름은 아델리스. 여왕님의 몸종이랍니다."

신희현은 고개를 갸웃했다.

과거에는 분명 '제1집사'로 알려져 있었는데 몸종이란다.

"꽃길은 이쪽이어요. 이쪽으로 안내하겠사와요."

그녀가 정중히 허리를 숙인 뒤 앞장서서 걸었다.

그녀는 하이힐을 신고 있었는데 흥분을 한 건지 꼬리가 바짝 올라가 있었다.

임설희가 또 으르렁거렸다.

"보지 마라. 보면 진짜 죽는다."

저 비현실적인 몸매는 도대체 뭐란 말인가. 허리 라인이며, 골반 라인이며, 쭉 뻗은 각선미며……. 이 던전, 좀 짜증나는 것 같다.

어쨌든 그들은 제1집사, 아니, 자신을 몸종이라 소개한 아델리스의 안내를 받아 여왕 성으로 향했다.

'이게…… 꽃길?'

어느덧 길은 평평한 일자의 대로로 변해 있었다.

인지하지 못하는 사이 길이 변하는 건 이상한 일이 아니다. 이곳은 던전이니까.

'대리석?'

대리석으로 깨끗하게 닦여진 길. 그리고 주변에는 형형색색의 아름다운 꽃들이 뿌려져 있었다.

더 이상한 건 라이나가 갑자기 또 목소리를 냈다는 거다.

'뭐지?'

'뭐가?'

'뭔가…….'

라이나의 말이라면 유심히 들어야 할 필요가 있었다. 라이나 덕분에 아까 던전에서도 목숨을 구할 수 있었으니까.

무슨 조언을 할 것인가.

모르긴 몰라도 굉장히 중요한 말을 할 것이 틀림없었다.

과거와 상황이 달라진 지금, 라이나의 조언은 가뭄 속 단비와도 같을 것이었다.

'뭔가 짜증 난다.'

'뭐가? 위험 요소라도 있는 건가?'

'아니, 위험한 건 전혀. 하나도 없는데. 뭔가 짜증 난다.'

전혀 도움 안 되는 조언이었다.

위험한 게 없으면 잘된 거 아닌가.

같은 시각, 임설희도 최성일의 옆구리를 꽈악 꼬집었다. 작게 속삭였다.

'그만 넋 놓고 보라니까!'

또 같은 시각, 라이나가 투덜거렸다.

'뭔가 불길한 느낌이 든다.'

여왕의 성에 도착했다.

성의 문이 열렸다. 역광이다. 눈이 부셨다. 바깥보다 성안 쪽이 훨씬 밝고 따뜻한 분위기였다. 따사롭고 평화로운 성안으로 들어가는 듯한 기분이었다.

밝은 빛 때문에 잠시 눈을 찡그렸던 신희현의 몸이 굳었다. 눈에 익은 얼굴, 많은 피해를 각오하고 있었던 아탄티아의 최종 보스 몬스터인 그녀의 얼굴이 보였기 때문이었다.

'여왕……?'

5장
놓치고 있던 것

서큐버스들의 여왕.

그 이름답게 치명적일 만큼 아름다운 여자.

그러나 그 아름다움만큼이나 엄청난 강력함을 자랑하는 보스 몬스터인 '여왕'이 모습을 드러냈다.

신희현에게 가까이 걸어왔다.

'공격은 없을 거다.'

레이드가 시작된다는 알림도 없었던 데다가 지금 무엇보다도 여왕의 태도가.

'엄청나게 우호적이야.'

마치 처음 플레이어들이 여왕의 성에 입장했을 때처럼 말이다.

'과거와는 달라졌지.'

과연 그 달라진 게 어떤 영향을 끼칠 것인가 싶어 여왕을 쳐다봤다.

여기서 섣부르게 움직일 수는 없었다. 까딱 잘못하다가는 지금 당장 여왕을 자극할 수도 있으니까.

사뿐사뿐.

기품 있는 태도로 걸어온 여왕이 입을 열었다.

"소녀는 2만 8천 년 동안 낭군님을 기다렸답니다."

"……."

13명의 플레이어를 녹여 버린 목소리. 그 목소리는 정말로 달콤하고 부드러웠다.

신희현의 귀―길잡이라 청각에 매우 예민하다―에 임설희의 목소리가 들려왔다.

'진짜 죽을래?'

최성일은 지금 정신 못 차리고 있다. 그 때문에 임설희는 지금 화딱지가 나서 미칠 지경이었고.

'눈 안 감아?'

최성일과 임설희가 옥신각신하는 사이 신희현이 여왕에게 물었다.

"나를 2만 8천 년 동안 기다렸다고?"

"그렇답니다. 소녀는 낭군님을 기다리고 기대했어요. 이렇게 뵈오니 소녀는 너무나 기뻐서 눈물을 흘릴 것만 같아요."

아니, 2만 8천 년을 기다렸으면 적어도 소녀는 아니지 않나.

신희현은 묻고 싶었지만 그럴 수 없었다. 여왕의 두 눈에 눈물이 그렁그렁 맺혔기 때문이다.

'여왕이…… 울어?'

그와 동시에 황당한 알림도 이어졌다.

[여왕의 성이 클리어되었습니다.]

뭘 했다고 클리어란 말인가.

[축하합니다!]
[클리어 등급을 산정합니다.]

신희현은 지금 상황이 심상치 않게 돌아간다는 것을 알아차렸다.

'최성일과 임설희를 만나지 못했다면 이렇게 수월하게 클리어할 수 없었다.'

어느 정도 생각은 했다. 이 히든 보드와 히든 피스라는 게 메인 던전 아탄티아를 클리어하는 데에 지대한 영향을 끼칠 거라고.

'이 둘이 없었다면.'

그랬다면 절대로 이곳을 이렇게 쉽게 클리어할 수 없었을 거다. 어쩌면 마지막 히든 피스를 찾지 못해서 과거처럼 여왕이 '자격도 없는 놈들이!'라면서 발작을 일으켰을지도 모를 일이다.

'찬영이 형의 히든 보드가 없었어도.'

그랬어도 이곳을 클리어할 수 없었다.

서로 다른 히든 던전을 클리어하는 세 명의 플레이어가 협업하여 이곳을 클리어한 것과 다름없었다.

'운이 좋은 거다.'

최성일과 임설희에게 일부러 은혜를 베풀었고 임찬영과의 끈을 만들어 놓았었다. 어떤 식으로든 후에 이득이 있을 거라고 생각했는데 이런 식으로 돌아올 줄은 몰랐다.

보상의 방으로 이동했다.

[클리어 등급 산정이 완료되었습니다.]

놀랍게도.

[임페리얼 노블레스 등급 클리어로 확정됩니다.]

임페리얼 노블레스 등급 클리어였다.

[임페리얼 노블레스 등급 클리어로 인하여 레벨이 상승합니다.]

[레벨이 올랐습니다.]

[레벨이 올랐습니다.]

[레벨이 올랐습니다.]

·······.

[레벨이 올랐습니다.]

[레벨이 올랐습니다.]

초월자가 된 이후로 거의 답보 상태나 다름없었던 레벨이
순식간에 13이나 올랐다.

'대박이군.'

레벨이 오른 건 그저 시작이었다.

알림이 이어졌다.

['아탄티아를 다스리는 자' 칭호가 '아탄티아의 군주' 칭호로 변경
됩니다.]

아탄티아를 다스리는 자에 숨겨져 있던 효과는 바로 '아탄
티아의 군주' 칭호를 얻을 수 있도록 해주는 것이었다. '군주'
칭호를 얻도록 해주는 징검다리 같은 역할이랄까.

〈아탄티아의 군주〉

아탄티아의 모든 관문을 정복하여 다스리는 위대한 자. 그리고 여

왕의 인정을 받은 플레이어에게 주어지는 칭호.

여기까진 좋았다.
그런데 효과가 좀 이상했다.

효과 :
　(1) 여왕과의 만년 가약
　(2) '아탄티아호'와의 계약

알림이 들려왔다.

['여왕'이 만년 가약을 맺기 원합니다.]

백년가약도 아니고 만년 가약이 도대체 뭐란 말인가.
'젠장.'
만년 가약을 맺는 게 뭔지는 모르겠지만 적어도 시스템상
커다란 이득을 취한다는 것은 틀림없었다.
'아탄티아의 군주'라는 어마어마한 칭호가 아닌가.
그런 칭호가 주는 효과다. 결코 가벼울 리 없었다.
신희현이 다급하게 물었다.
"엘렌, 만년 가약이 뭐야?"
"말 그대로 만년 가약입니다. 만년 가약의 형태로는……."

엘렌의 날개가 부들부들 떨렸다. 뭔가, 조금 마음에 안 드는 것 같았다.

"첫째로 소환의 형태를 띨 수 있으며, 둘째로 저와 마찬가지로 파트너의 형태를 띨 수 있습니다. 이는 신희현 플레이어의 선택입니다."

소환과 파트너라.

"두 선택의 장단점은?"

"첫째, 소환 형태의 경우, 신희현 플레이어는 여왕을 소환할 수 있게 됩니다. 여왕의 스킬을 사용할 수 있으며 교감과 교감 커넥션을 통해 소환 영령들과의 연계가 가능해집니다."

"단점으로는 마력 소모가 있겠네."

"그렇습니다."

여기까지 엘렌의 표정은 무표정이었다.

언제나 그렇듯 엘렌은 무표정이었는데 신희현은 느꼈다.

'지금의 무표정은 무표정이 아니다.'

뭔가 아주 많이 마음에 안 드는 표정이 틀림없었다. 길잡이의 눈썰미다.

"둘째, 파트너의 형태를 취할 시."

우연인지 아닌지는 모르겠지만 엘렌이 잠시 말을 멈추고 심호흡을 했다. 길잡이의 예민한 청력으로 들어보니 목소리가 아주 미세하게 떨리는 것 같았다. 이 '파트너'와 관련된 얘기를 할 때 말이다.

"여왕을 소환할 필요가 없습니다."

"마력 소모가 없겠네."

"그렇습니다. 후자 선택 시, 여왕은 평상시 영체화 상태를 유지하며 신희현 플레이어 곁을 지킬 것입니다. 소환 영령과는 별개로 독립적인 의지와 판단을 통해 전투 혹은 보호에 임할 것입니다."

"마력은?"

"마력은 주변의 정기를 흡수하는 것으로 대신합니다. 이는 성별을 가리지 않습니다."

신희현은 고개를 끄덕였다.

'만년 가약'이라는 것은 보스 몬스터 '여왕'을 소환하거나 부릴 수 있는 일종의 권능이었다.

'여왕을 부릴 수 있다니.'

여왕의 능력은 익히 알고 있다.

엘렌의 목소리가 들렸다.

"어떤 것을 선택하시겠습니까?"

"엘렌, 네 생각은 어때?"

"저는 신희현 플레이어의 선택을 존중합니다."

그렇게 말은 하는데.

"첫 번째가 좋지?"

그와 동시에 엘렌의 날개가 활짝 펴졌다. 그러나 엘렌은 자신의 날개가 펼쳐졌다는 걸 전혀 눈치채지 못한 모양이었다.

"전혀 그렇지 않습니다. 저는 제 자의적인 판단을 보류하겠습니다."

신희현은 피식 웃었다.

"나는……."

선택했다.

두말할 것도 없이 첫 번째다. 교감 커넥션을 통한 소환 영령들과의 연계, 이것만 해도 메리트가 충분하다. 마력 소모야 어떻게든 감당하면 될 거고, 무엇보다.

'주변의 정기를 빨아들이는 건 좀…….'

그건 할 짓이 아니다.

신희현은 여왕의 능력을 안다. 저 기술에 당해 수많은 플레이어가 말라죽었다.

여왕을 유지하기 위해 그런 짓을 한다?

있을 수 없는 일이다. 그런 몰상식하고 이기적인 짓을 하는 건 폭군 하나로 족했다.

[축하합니다!]
[스킬, '여왕 소환'이 생성되었습니다.]

소환 영령이 하나 더 늘었다.

여왕의 경우, '수컷' 형태의 모든 생명체에게 특히나 유효한 공격을 가할 수 있다. 그녀는 서큐버스의 왕이니까.

'생각지도 못했는데.'

커다란 수확이라 할 수 있었다. 앞으로 이어질 '로자리오 대저택'에서도 큰 힘을 발휘할 수 있을 터.

엘렌에게 물었다.

"그렇다면 아탄티아호와의 계약은?"

"아탄티아호를 회수할 수 있습니다. 이는 아이템의 형태로 신희현 플레이어의 인벤토리에 귀속됩니다. 단, 상급 간소화 주머니 4개가 필요합니다."

아까 펼쳐졌던 엘렌의 날개가 봄바람에 나부끼듯 살랑살랑 양옆으로 흔들렸다. 신희현이 '첫 번째 선택'을 한 이후로 유독 저랬다.

"상급 간소화 주머니 1개에 1척의 배를 저장할 수 있습니다."

"그러니까……."

아탄티아호를 전부 아이템으로 얻을 수 있다는 소리다.

'아탄티아호를?'

아탄티아호에는 특별한 능력이 있다. 물에 있을 때만큼은 절대 보호를 받는 능력! 그런 방어 능력을 가진 배를 얻는다?

'최후의 던전을 위한 안배인가?'

아무래도 그런 것 같다. 최후의 던전을 대비하기 위한 아이템으로 다른 것을 생각하고 있었는데 '아탄티아호'가 그것을 완벽하게 대체할 수 있을 것 같았다.

13레벨이 올랐고, 여왕을 소환할 수 있게 되었으며, 수중

전에서 절대 방어 효과를 가진 아이템 아탄티아호를 얻었다.

그런데 거기서 끝이 아니었다.

[히든 던전: 고대 여왕 성 클리어를 확인합니다.]
['히든 던전: 고대 호수'에 도전할 수 있는 자격이 주어집니다.]
[히든 던전: 고대 호수로 향하는 '지도'가 주어집니다.]
[지도가 인벤토리에 귀속됩니다.]

신희현은 직감했다.

'아탄티아호를 내게 준 것은.'

다음 히든 던전인 고대 호수를 대비하기 위함이다. 여태까지의 상황을 종합해 보면 그랬다.

'이번에는 고대 호수다.'

어쩌면 임설희와 최성일 역시 '히든 던전'과 관련된 단서를 얻었을지도 모를 일. 보상의 방을 탈출한 뒤 얘기를 해봐야할 것 같다.

[보상의 방을 탈출합니다.]

감회가 새로웠다.

'진짜로 이렇게 클리어하다니.'

수백 명의 사상자를 냈던 아탄티아 던전인데 이렇게 쉽게 클리어했다. 뿐만 아니라 새로운 단서들을 얻었고 최후의 던 전에 한 발자국 더 가까워졌다.

그런데…… 문제가 조금 생겼다.

신희현의 집. 북한산 근처 대저택.

신희현의 아버지와 어머니는 당혹스러움을 감추지 못했다.

"아들아……."

엄청나게 예쁜, 그런데 엉덩이에 검은색 꼬리가 달린 여자 들이 집 안에서 분주히 움직이는 게 보였다.

그래, 거기까진 좋다. 그런데.

"낭군님, 소녀가 이곳을 군주에게 어울리는 곳으로 바꾸 고 있어요."

갑자기 웬 여자가 나타나서 자신의 아들더러 낭군님이라 부르고 있지 않은가.

신희현은 머리가 지끈지끈 아파왔다.

"모두 돌려보내."

아무래도 여왕은 서큐버스들을 동원할 수 있는 능력을 가 진 것 같았다.

"소녀가 낭군님의 심기를 어지럽혔군요. 죄송해요. 소녀 가 낭군님께 잘 보이고 싶어 너무 앞서갔답니다. 다시는 이렇게 나서지 않겠어요."

어머니, 아버지에게 뭐라고 말을 해야 할지 감이 안 잡혔다. 과거에서도 이런 경험은 없었으니까.

그런데 진짜 문제는 따로 있었다.

"그러니까 민영아, 이건 그런 게 아니고."

"……."

강민영이 눈을 흘겼다.

아탄티아 던전 클리어, 좋다. 그런데 어디서 저런 여자를 데려온 건지.

강민영이 입술을 삐죽 내밀었다.

"낭군님?"

"이게 그러니까, 내가 뭘 한 게 아니고."

평소에는 핑핑 돌아가는 머리가 오늘따라 굳어버렸다.

"그러니까 낭군님?"

식은땀이 났다.

아니, 난 잘못한 게 없는데. 시스템이 이렇게 했는데.

이 빌어먹을 시스템이 오늘따라 영 마음에 안 들었다.

"그 소환수 엄청 예쁘더라."

"그게……."

"루시아도 예쁘고, 엘렌도 예쁘고, 여왕 씨도 예쁘고. 어쩜 소환 영령이 전부 그렇게 예쁘기만 해? 혹시 오빠가 그렇게 고르는 거 아냐?"

다 예쁜 건 아니다. 생쥐 라비트도 있고 육중한 어린이 마틴도 있다. 무성이라 짐작되는 피닉스와 원더도 있다.

조금 억울해졌지만 어쩔 수 없었다.

"그게 아니고……."

그렇게 툴툴대던 강민영은 이내 웃음을 터뜨렸다.

"오빠, 진짜 바보야?"

"……응?"

식은땀을 흘리던 신희현은 고개를 갸웃했다.

"내가 그런 걸로 기분 나빠하겠어? 나도 플레이어야. 이 시스템을 이해하고 있다구."

"……그, 그래?"

"그리고 난 오빠를 믿어. 임설희 씨가 다 얘기해 줬어."

강민영의 눈이 반달을 그렸다.

역시 내 오빠였다. 임설희의 증언에 따르자면 한심한 최성일과는 다르게 평정심을 유지했단다. 그 예쁜 여자들한테 눈길 한 번 주지 않았단다.

임설희가 느끼기에는 신희현이 '단 한 명만을 바라보는 로맨티스트의 눈빛'을 가지고 있다고 했는데, 실제로 신희현이 그런 눈빛을 가지고 있었든 가지고 있지 않았든, 하여튼 임설희는 그렇게 봤단다.

그게 지금 강민영을 기쁘게 했다.

그리고 그건 사실이기도 했다. 그 예쁜 여자들을 보면서도 신희현의 마음은 전혀 흔들리지 않았었으니까.

기회를 잡은 신희현이 우쭐거렸다.

"맞아, 내 눈에는 너만 예쁘거든."

"진짜?"

"당연하지. 우리 애기가 세상에서 제일 예쁜데."

'나 어른인데. 애기 아닌데'라면서 누가 들으면 손발이 오그라들 대화를 나누던 둘은 언제 그랬냐는 듯 가볍게 키스를 나눴다.

하루가 지났다.

신희현은 임설희와 최성일, 그리고 임찬영을 불렀다.

신희현이 물었다.

"히든 던전과 관련한 단서가 나왔습니까?"

그 셋이 거의 동시에 고개를 끄덕였다.

"그렇습니다."

빛의 성웅에게 거짓말을 해서 이득 볼 게 없다. 적어도 빛의 성웅에게는 모든 것을 오픈하는 게 좋았다. 그래야 그들도 클리어할 때 큰 도움을 받을 테니까.

"어떤 단서입니까?"

혹시 고대 호수와 관련한 단서인가?

신희현은 잠자코 기다렸다. 최성일이 입을 열었다.

"고대와 관련한 단서입니다."

반은 맞았다. 역시 세 히든 던전은 결국 하나로 귀결되는 듯하다.

신희현이 물었다.

"호수와 관련된 단서입니까?"

임찬영이 말했다.

"저는 고대 요정석을 받았습니다."

그것이 무엇인가 하니 고대 호수의 요정이 잠들어 있는 돌이란다. 어떤 식으로든 '고대 호수'와 관련이 있는 아이템일 것이 분명했다.

신희현이 최성일을 쳐다봤다. 그리고 물었다.

"그렇다면 그쪽은 이번에도 역시 지도입니까?"

"지도는 지도입니다만⋯⋯."

최성일은 두 손 두 발 다 들었다. 빛의 성웅은 애초에 다 알고서 자신을 부르는 것이 분명했다.

최성일이 말을 이었다.

"일반적인 지도는 아닙니다."

"그렇다면⋯⋯?"

"저도 잘은 모르겠습니다. 예전에는 저희 둘이 알아볼 수 있는 형태의 지도였는데⋯⋯ 이것은 통 무엇인지."

이걸 읽으려면 1급 항해사의 자격이 있어야 한다나 뭐라나.

"이걸 확인하려면 1급 항해사의 자격을 따야 할 것 같습니다."

"그걸 어떻게 따죠?"

"……모르겠습니다."

신희현은 잠시 생각에 빠졌다.

'내게는 고대 호수로 향하는 지도가 주어졌다. 임찬영에게는 요정석이, 그리고 최성일과 임설희에게는 정체를 알 수 없는 지도.'

그 지도는 항해사 자격이 필요하다 했고.

'그곳은 호수고.'

그렇다면 저 지도는 호수 내의 길을 알려주는 지도일 가능성이 높다는 소리다.

신희현은 한강으로 향했다. 그리고 어처구니없는 짓을 해버렸다.

한강 공원에서 운동을 즐기던 사람들의 이목이 집중됐다.

"저, 저게 뭐야?"

"헐?"

"무슨 범선 같은데?"

"한강에 저런 게 있었어?"

없었다.

"저거 갑자기 튀어나왔다고."

"혹시 아이템인가?"

그렇다. 신희현이 꺼내 든 것은 '아호'였다.

신희현이 배에 올라타자 누군가가 신희현을 맞았다. 그는 신희현에게 가까이 다가가 한쪽 무릎을 꿇고 예를 취했다.

"아탄티아의 군주시여."

"캡틴, 이거 확인할 수 있겠어?"

신희현이 불러낸 가이드는 다름 아닌 캡틴.

캡틴은 더없이 정중한 태도로 지도를 받아 들고서 내용을 확인했다.

"복잡하긴 하지만…… 방법만 알면 그렇게 어렵지는 않은 항해 지도로 사료됩니다."

"이것을 보면 함정 같은 것도 간파할 수 있나?"

"이것은 그렇게 친절한 지도가 아닙니다. 암초라 짐작되는 몇몇 단서가 보이기는 하나…… 어쨌든 돌파는 가능해 보입니다."

캡틴이 이 지도를 해석할 수 있다고 했다.

신희현은 확신했다.

'히든 던전들은 메인 던전을 가리키고 있었고.'

그리고 그 메인 던전은 다음 히든 던전을 가리키고 있다.

메인 던전에서 얻은 것들이 다음 히든 던전에서 중요한 역할을 할 거라는 것은 자명한 사실.

'입장 제한이 없는 것으로 보아…….'

어쩌면 화력이 필요한 경우가 있을 수도 있겠다 싶었다.

여태껏 히든 던전은 거의 혼자서 플레이해 왔는데 꼭 그래야만 하는 경우가 아니라면 협업하는 게 좋다. 특히나 명칭이 '고대 호수'이니 강유석이 큰 도움이 될 거다.

강유석이 대답했다.

"당연히 가죠."

신희아도 활짝 웃었다.

"나도 갈 거야. 우리 오빠 못 미더워서 내가 도와줘야 해."

강민영은 그저 배시시 웃었다. 그 표정은 마치 '바늘 가는데 실도 가야지'라고 말을 하는 것 같았다.

그에 반해, 탁민호는 울상을 지었다.

"사, 살 수 있는 거 맞죠?"

어쨌든 빛의 성용 팀, 최성일과 임설희, 임찬영, 그리고 탁민호로 이루어진 하나의 팀이 고대 호수로 향했다.

신희현에게 주어진 고대 호수로 향하는 지도는 알아보기 그리 어렵지 않았다.

강원도의 산기슭.

'고대 호수'라는 명칭인데 산속에 위치하고 있는 것이 조금 아이러니하기는 했지만, 하여튼 신희현은 입구라 짐작되는 곳에 도착했다.

'여기인가.'

신희현은 주변을 둘러봤다. 던전의 생성을 나타내는 특유의 불빛이 보이지 않았다.

'일종의 발동 조건이 있는 건가?'

그때 탁민호가 뭔가를 발견했다. 그가 자랑하는 특기 기술인 투시로 땅 밑을 살폈단다.

"약 3미터 지점 아래에 빛을 내는 지점이 보입니다. 던전 발생의 빛이라 짐작됩니다."

"삽질은 제가 할게요."

임찬영이 우람한 팔뚝을 걷어붙였다. 삽질이라면 자신 있단다.

그는 길잡이답게(?) 인벤토리에서 야전용 삽을 꺼내 들면서.

"길잡이라면 이 정도는 당연히 챙기는 거죠."

라고 신희현과 매우 비슷한 말을 했다.

하지만 그의 시도는 물거품으로 돌아갔다. 강유석이 나섰기 때문이다.

"길잡이께서는 지금 힘을 쓸 필요가 없어요."

그는 물의 정령을 소환해서 강력한 수압으로 흙을 뚫었다. 신기한 건 아무에게도 물이 튀지 않았다는 거다.

탁민호는 잠자코 생각했다.

'땅 밑에 숨겨져 있다라.'

이런 종류의 던전이 아예 없는 건 아니지만 그래도 일반적인 형태는 아니었다. 이런 것 하나하나가 단서가 될 수도 있다. 머릿속에 입력해 놓는 것이 좋았다. 단서가 아니라면 던전 클리어 이후에 폐기하면 그만이니까.

잠시 후, 던전에 입성할 수 있었다.

[히든 던전: 고대 호수를 발견하였습니다.]
[입장 제한 조건을 확인합니다.]

그게 뭔가 했더니.

['지도'를 확인합니다.]

단순히 지도가 있는지 없는지를 확인하는 절차였다. 이곳을 발견하더라도 지도가 없으면 들어오지 못할 터.
'애초에 지도가 없다면 찾아오기도 힘들었겠지.'
자신의 역할을 다한 지도가 저절로 불타 사라져 버렸다. 그와 동시에 알림이 들려왔다.

[히든 던전: 고대 호수에 입장합니다.]

신희아가 입을 쩍 벌렸다.

"호수 맞아……?"

저 멀리 수평선이 보였다. 탁민호가 말했다.

"한가롭게 경치 구경할 때는 아닌 것 같습니다."

신희현 일행은 지금 위기(?)에 빠진 상태다.

안전지대라 짐작되는 이곳의 너비는 해봐야 가로세로 2m×2m 정도로 겨우 4제곱미터에 불과한 작은 땅이었다. 그들이 서 있는 이 작은 땅을 '섬'이라고 해도 될지 모르겠지만, 어쨌든 이 섬은 침수되는 중이었다.

신희아는 깜짝 놀랐다.

"웃, 차가워!"

일반적인 물이 아니다.

강유석은 직감할 수 있었다.

'물이 아니다.'

물처럼 보이지만 물이 아니었다. 자신은 알 수 없는 다른 성질의 '액체'였다. 이 물은 컨트롤할 수 없었다.

게다가 온도가.

'계속해서 떨어지고 있다.'

안 그래도 차가웠는데 점점 더 차가워졌다. 그가 느끼기로는 현재 온도는 −10도 정도 되는 것 같다. 시간이 지날수록 급속도로 차가워지고 있었고.

임찬영이 말했다.

"물이 엄청난 속도로 차오릅니다."

신희현 일행을 집어삼킬 듯 물이 순식간에 불어났다. 발목까지 잠기는가 싶더니 1초도 안 되는 사이 허리를 넘었다.

　신희현이 '아호'를 꺼내 들었다.

"윈더 소환."

　윈더를 불러서 모두를 띄웠다. '아호'에 탑승했다.

'아탄티아의 보상이 없었다면…….'

　그랬다면 이곳에 들어오자마자 익사해서 죽었을 거다.

　항해를 하게 된 캡틴이 활기찬 목소리로 말했다.

"안전하게 모시겠습니다!"

　캡틴은 최성일로부터 지도를 받아 들었다.

　오늘도 캡틴은 오락가락했다. 지금은 좀 기뻐 날뛰는 것 같다.

"오호라! 오호라! 이곳을 돌파해서 목적지까지 가면 되는 거군요!"

"이 끝에 무엇이 있는지 알 수 있나?"

"육지가 있을 거라 짐작돼요. 후후후후. 잘 안내하겠습니다. 이 캡틴만 믿으시죠."

　항해 중에는 공격을 받지 않는 절대 방어 옵션이 부여된 아이템이다. 이 아이템보다 더 높은 등급의 공격이 없다면 절대적으로 안전한 움직이는 안전지대라는 뜻.

'이곳은 던전 초입. 아호의 방어 등급을 뛰어넘는 공격이 들어올 확률은 높지 않겠지.'

그리고 캡틴의 자신만만한 태도를 보아 이곳에 강력한 몬스터는 없을 확률이 높았다.

신희현이 초감각을, 탁민호가 투시를 사용해서 주변을 샅샅이 훑었고, 그렇게 위험한 것은 보이지 않았다.

"위험한 것은 안 보입니다."

임찬영도 고개를 끄덕였다.

"위협 요소는 보이지 않네요."

신희현도 그 의견에 동의했다.

'확실히…….'

임찬영과 탁민호쯤 되는 길잡이와 함께하니 부담이 확실히 덜어지는 느낌이다. 좋다.

3일이 흘렀다.

신희아가 발랄한 목소리로 외쳤다.

"육지가 보인당!"

평범한 육지는 아니었다. 육지라고 보기에는 조금 애매한 구석이 있었다. 바다 위에 굉장히 커다란 정육각형이 떠 있는 것 같았다. 그 정육각형은 유리로 만들어져 있었고.

"캡틴, 지도가 저곳을 가리키고 있는 것이 맞나?"

"네, 틀림없습니다."

신희현은 지도를 받아 들었다. 핸드폰을 꺼내 사진을 찍었다.

"캡틴, 이 사진으로도 지도를 확인할 수 있나?"

"네, 똑같군요."

던전 입구에서 단서를 잡았다. 어쩌면 이 지도는 목적지에 도달함과 동시에 사라져 버릴 수도 있다. 나중에 쓰일지 안 쓰일지는 모르겠지만 이러한 경우, 사진을 찍어두는 것이 유리했다.

신희현 일행은 정육각형의 이상한 육지에 다가갔다. '아호'의 뱃머리가 그곳의 가장자리에 닿았다.

[축하합니다!]

[고대 호수의 '중간 통로'를 발견하였습니다!]

[고대 호수의 중간 통로로 이동하시겠습니까?]

아무래도 맞게 온 것 같았다.

안쪽으로 이동했다. 아까와 마찬가지로 자신의 역할을 다했다는 듯 최성일과 임설희의 지도가 저절로 불타 사라졌다.

신희현과 탁민호, 임찬영은 주변을 샅샅이 훑었다.

'유리 온실 같은 곳인데.'

평화로웠다. 따사로운 햇볕이 들어왔다. 소나무들도 보였고 이따금 새도 보였다.

형형색색의 꽃들도 피어 있었다. 유달리 특별한 것은 찾지 못했다.

다시 3일 정도가 흘렀다.

신희현 일행은 별다른 방해 없이 출구라 짐작되는 문을 하나 발견했다.

"문입니다."

신희현은 루시아를 소환했다.

"루시아, 저 문을 통과해 봐."

저게 양방향으로 향하는 문인지, 아니면 일방적으로 나가기만 할 수 있는 문인지 확인할 필요가 있었다.

"네, 오빠."

'오빠' 호칭을 포기하지 않는 루시아가 고개를 끄덕이고선 망설임 없이 문을 열고 밖으로 나갔다가 얼마 뒤, 다시 돌아왔다.

'양방향 통로군.'

교감으로 이어져 있는 상태.

'그런데……'

루시아의 눈으로 본 저쪽의 풍경이 낯설지 않았다.

'내가 잘못 본 건 아니겠지.'

원래 '고대' 던전은 난이도가 높다. 하지만 클리어 방법을 찾으려면 어떻게든 찾을 수 있었다.

그런데 이번에는 조금 달랐다. 지금 이 인원으로 도전하면 죽도 밥도 안 된다. 전부 몰살당할 거다.

'잘못 본 건 아니다.'

확실했다.

'왼편의 죽은 자작나무.'

그리고.

'오른쪽의 나무 십자가.'

십자가 위에.

'세 가지 색깔의 까마귀.'

그 모든 것이 신희현이 알고 있는 곳을 가리키고 있었다.

신희현이 이곳의 이름을 떠올렸다.

'이곳의 이름이…… 중간 통로라고 했다.'

강민영이 고개를 갸웃했다.

"오빠, 무슨 생각을 그렇게 해?"

"잠시 생각할 게 조금 있어서."

이건 가벼운 문제가 아니었다. 신희현이 루시아의 눈을 통해서 봤던 곳은 지금 이 인원으로 클리어할 수 있는 곳이 아니었다. 그곳은 완전히 다른 던전이었다.

'던전과 던전이 이어진다?'

신희현이 확인한 그곳은 바로 '로자리오 대저택'이었다.

'고대 호수와 로자리오 대저택에 어떤 연관이 있길래.'

중간 통로라는 안전지대를 통과해서 그곳으로 이어지는 것인가.

'내가 놓치고 있는 게 있나?'

생각에 잠겼다. 다른 길잡이들도 눈을 감았다. 생각에 빠졌다. 뭔가, 놓치고 있는 것이 있을 거다. 그렇게 생각했다.

거의 비슷한 시각, 세 명의 길잡이가 눈을 번쩍 떴다.

신희현이 말했다.

"놓치고 있던 게 있었네요."

임찬영과 탁민호도 고개를 끄덕였다.

"그렇습니다."

"맞아요."

세 명의 길잡이가 똑같은 의견을 제시했다.

신희현이 대표해서 말했다. 무엇을 놓치고 있었는지 말이다.

6장
고대 호수 클리어

그들이 놓치고 있던 것은 두 가지였다.

하나는 임찬영이 가지고 있는 '요정석'이고 또 하나는 이 던전을 찾았던 '탐색 방식'이었다.

신희현이 말했다.

"아무래도…….."

암초 혹은 함정이라 단정하고 지나쳤던 지점들이 사실은 중요한 단서가 되었을 확률이 높다.

처음에 이곳에 입장할 때 했던 방법대로 아래로 들어가 봐야 뭔가 나올 수도 있다는 뜻이다.

"일단 저곳은 논외로 치겠습니다."

"저곳이 어디죠?"

"또 다른 던전, 로자리오의 대저택입니다. 지금 이 인원으로는 죽었다 깨어나도 클리어할 수 없어요."

탁민호가 인상을 찡그렸다.

"던전과 던전이 이어지는 형태라니. 저는 처음 보네요."

임찬영도 고개를 끄덕였다.

"물리적으로 이어져 있는 경우는 처음이죠."

임찬영은 알고 있었다. 물리적으로는 이어져 있지 않아도 각각의 던전들은 분명 내용이 이어졌다.

"이 고대 호수와 로자리오 대저택 사이에 어떤 관계가 있을지 그것도 염두에 두면서 움직여야 할 것 같은데……. 빛의 성웅께서는 어떻게 생각하세요?"

신희현은 괜스레 흡족한 마음이 들었다. 둘 다 아주 훌륭하게 잘 커준 것 같다.

커다란 줄기, 그러니까 큰 물살은 이미 탔다. 히든 던전들에 이어 메인 던전을 클리어했고 이제는 최후의 던전이 코앞으로 다가왔다. 그 최후의 던전에서 이들은 분명 제 역할을 해줄 것이 틀림없었다.

"제 생각도 그렇습니다."

"다시 복귀합니다."

발걸음을 되돌렸다. 호수로 향했다.

캡틴이 활기차게 외쳤다.

"항해를 시작하겠습니다!"

아까 왔던 길을 역순으로 되짚어 올라갔다.

신희현은 라비트를 소환했다.

"라비트 소환."

"주인, 어째 느낌이 오랜만에 보는 느낌이오. 이곳은 어디오? 물이 정말 많은 것이 뭔가 불길하오."

전에 큰입연어들의 틈바구니에서 미끼 역할을 했던 것이 떠올랐다.

설마, 그런 건 아니겠지.

"뭐가 불길해?"

"물만 보면 불안하오."

"라비트, 너는 수영을 엄청나게 잘하지?"

"그렇소. 소인은 못하는 것이 없을 정도로 다재다능하오만 수영에는 더더욱 일가견이 있소."

"사람은 자신이 잘하는 것을 할 때 빛을 발하는 법이잖아."

"물론 그렇소. 자신이 잘하는 것, 자신이 좋아하는 것을 할 때야말로 사람은 행복하오. 빛이 발한다는 뜻이오."

라비트는 말하면서 뭔가 불길해졌다.

이거, 뭔가 속고 있는 느낌이 드는데.

라비트는 얼른 엘렌을 쳐다봤다. 그도 이제 엘렌에 대해서 파악했다. 눈치가 꽤나 늘었다.

'엘렌의 날개를 보겠소!'

엘렌은 언제나 무표정이지만 그녀의 날개가 그녀의 기분을 대신했다.

'날개가 펼쳐져 있으면 필시 사기를 치고 있는 것이오!'

그런데.

'날개가 가만히 있소!'

날개에 아무런 변화도 없었다. 적어도 신희현이 사기를 치는 건 아니라는 뜻이었다.

"이 일은 너밖에 못 하는 거야. 라비트, 네 도움이 절실히 필요해."

"그, 그렇소? 나의 힘이 그토록 필요한 것이오?"

"맞아, 너 말고는 할 수 있는 사람이 없어. 네 힘을 원해."

"그, 그렇다면……! 어쩔 수 없소. 나의 힘을 빌려드리리다."

라비트는 상급 워터볼을 섭취했다.

"내 밑을 탐색하고 오겠소."

"아 참, 물이 엄청나게 차가우니까 체온 유지에 각별히 신경 써."

"알겠소."

"그리고 이거."

신희현은 임찬영이 받았던 '요정석'을 라비트에게 건네

줬다.

"혹시 이게 반응할 수도 있거든."

"알겠소."

"라비트, 너만 가능한 일이야. 난 너를 신뢰해."

신뢰한다는 말에 라비트가 어깨를 쭉 폈다. 그는 신뢰라는 말에 무척이나 약했다.

"내게 모든 짐을 맡기시오!"

가슴을 탕탕 치던 그는.

풍덩!

물 아래로 뛰어내렸다.

물은 굉장히 맑았다. 라비트의 몸이 다 보일 정도였다.

라비트가 완전히 잠수를 하고 나서야 엘렌의 날개가 활짝 펴졌다.

신희현은 물 밑을 탐색했다. 교감으로 이어져 있기 때문에 그가 보는 모든 것을 신희현도 볼 수 있었다.

탁민호는 순수하게 감탄했다.

"소환 영령이라는 건…… 여러모로 좋군요."

게다가 정령도 있지 않은가.

어찌 보면 빛의 성웅은 모든 클래스를 아우르고 있다. 마력만 받쳐 준다면 원거리 딜러, 탱커, 근거리 딜러, 광역 딜러 기타 등등 모든 클래스의 능력을 끌어다 쓸 수 있지 않은가.

"여기엔…… 뭔가 단서가 될 만한 것은 없네요."

임찬영이 물었다.

"요정석도 아무런 반응이 없나요?"

"네, 일정 발동 조건이 있는 건지, 아니면 장소를 잘못 짚은 건지……. 시간은 넉넉하니까 여유를 갖고 찾아봅시다."

신희아가 물었다.

"내가 뭐 할 건 없어?"

"지금은 딱히. 강철이는 이따가 라비트에게 체력 버프나 좀 걸어주고."

"오케이."

"그리고 민영이가 작은 불을 준비해서 라비트를 따뜻하게 해줘."

그리고 이게 제일 중요하다.

"모두들 라비트에게……."

강민영이 귀신같이 알아차렸다.

"엄지 척! 하란 소리지?"

"응."

쉽게 말해 '너님 킹왕짱!'을 해주라는 소리다.

라비트가 복귀했다. 신희아가 호들갑을 떨었다.

"라비트! 역시 대단해. 저 차가운 물 속을 어떻게 그렇게 자유롭게 움직여?"

"……으, 응?"

강민영도 배시시 웃었다.

"라비트 씨는 정말 대단해요."

"그, 그렇소?"

얼어 죽는 줄 알았다며 다시는 들어가지 않고 싶다고 말하려던 라비트는 순간 당황했다.

이, 이거. 뭐지.

신강철도 말했다.

"라비트 형은 짱인 것 같아."

"내, 내가 형인 것이오?"

"응! 형 짱이야!"

저 형이란 단어, 미묘하게 좋았다.

신뢰를 받고 있는 것 같은 기분이지 않은가! 게다가 짱이라지 않는가!

라비트의 광대가 승천했다.

탁민호와 임찬영도 고개를 끄덕였다.

"멋집니다."

"대단합니다."

라비트의 수염이 바짝 섰다. 그 수염을 만지작거렸다. 어깨가 활짝 펴졌다.

"벼, 별것도 아닌 일이오."

그때, 엘렌이 모습을 드러냈다.

"별것도 아닌 일이니 라비트 공께서는 또 그 위대한 능력을 보여주실 거라 믿어 의심치 않습니다."

라비트는 가슴을 탕탕 쳤다.

"나만 믿으시오!"

엘렌의 날개가 활짝 펴졌다. 매우 즐거워진 라비트는 그런 건 신경 쓰지 못했다.

7일이 흘렀다.

지루한 탐색의 연속이었다.

함정이라 짐작되는 곳에 라비트가 내려갔고, 그곳을 구석구석 뒤졌다. 같은 곳을 벌써 세 번째 뒤지는 중이다.

아주 사소한 것을 발견하기는 했다. 호수의 '중간 통로'와 '시작 지점'의 중간 부근에서 요정석이 반응을 하기는 했다.

아주 미세하게 노란빛으로 빛났다. 그리고 또 다른 곳에서 붉은색으로 빛났다.

신희현은 생각했다.

'결국 마지막 수단은.'

요정석을 깨뜨리는 거다.

히든 보드처럼 히든 피스를 끼울 수 있는 곳도 없다.

라비트가 탐사한 바에 따르면 물 아래에는 석상처럼 생긴 암초들이 있었다. 거의 비슷하게 생긴 암초들.

이곳저곳을 구석구석 찾아봤지만 그 암초에는 별다른 단서가 없었다.

다시 3일이 흘렀다.

신희현이 결정을 내렸다. 생각의 과정은 길되 결정은 빨라야 했다.

"요정석을 파괴할 겁니다."

탁민호가 깜짝 놀랐다.

"……예?"

"우리가 처음 들어올 때 던전의 빛, 생각납니까?"

"……아!"

그걸 잊고 있었다. 탁민호가 대답했다.

"붉은빛이었습니다."

"요정석이 붉은빛을 내는 스폿이 있었습니다."

"그렇다면……."

"그곳에서 요정석을 파괴합니다. 지금으로서는 그것 말고는 방법이 없는 것 같네요."

임찬영이 조심스레 의견을 말했다.

"괜찮을까요……? 파괴하면……."

파괴하면 끝이지 않은가. 아이템 자체가 사라져 버리는 거니까.

"더 이상 시간을 지체할 수는 없습니다."

왜냐하면.

"시간이 지나면 지날수록. 요정석에서 나타나는 빛이 옅어지고 있습니다. 이대로 가면 아예 반응을 안 할 수도 있어요."

"그렇군요."

임찬영도 고개를 끄덕였다.

신희현이 라비트에게 명령을 내렸다.

'라비트.'

라비트는 현재 물 아래 들어가 있는 상태.

요즘 라비트는 자신이 정의의 슈퍼히어로라도 된 것처럼 행동했다.

이 세상의 무거운 짐을 진 자들이여. 다 내게로 오시오! 내가 모두 도와주겠소!

이렇게 말하는 것처럼 말이다.

'또 내게 부탁할 일이 생겼소?'

'아니, 요정석을 파괴할 거야. 물속에서. 가능하겠어? 최대한 암석과 가까운 위치에서.'

'가능하오.'

라비트는 입에 물고 있던 레이피어를 손에 쥐었다.

요정석을 던지는 듯하다가.

"일격필살!"

그의 주특기인 일격필살로 요정석을 향해 레이피어를 내질렀다.

순간, 번쩍! 하며 붉은빛이 호수를 뒤덮었다.

변화가 시작됐다.

어디선가 들었던 것 같은 알림이 들려왔다.

['고대 도시: 아틀렌티'가 수면 위로 상승합니다.]

고대 도시 아틀렌티.

신희현이 심연의 바다에서 봤던 고대 도시 아틀렌토와 비슷한 이름이지 않은가.

신희현은 알 수 있었다.

'이어져 있다……!'

과거의 던전들이 아탄티아를 가리키고 있었다면 이제는 아탄티아가 이곳을 가리키고 있었다.

'고대 도시 아틀렌토와 고대 도시 아틀렌티. 무슨 연관이지?'

그리고 로자리오 대저택까지.

[고대 도시: 아틀렌티에 입장합니다.]

풍경이 바뀌었다. 어느새 '아호'는 인벤토리로 복귀됐다.

이곳은 숲이었다. 나무가 보였다.

강민영이 뭔가를 발견했다.

"버섯?"

버섯이긴 한데 굉장히 컸다. 새초롬한 붉은색을 띠고 있었으며 크기가 대략 5미터 정도는 되었다.

그런데 신기한 건.

"안녕하시어요?"

그 버섯에는 '문'이 있었다는 거다. 그 문이 열렸다.

꺄르르-

웃음소리가 들려왔다. 소리를 내고 있는 것들은 다름 아닌 요정이었다. 숫자가 굉장히 많았다.

사람의 손바닥만 한 크기. 그들이 날아다닐 때마다 날개에서 은빛 가루가 떨어져 내렸다.

"고마워요!"

"고마워요, 용사님."

계속해서 꺄르르- 소리가 들려왔다. 적어도 저들은 악의는 없어 보였다.

'고대 도시 아틀렌토와 연관 지어 생각해 본다면.'

그렇다면 이곳에도 제단이 있을 확률이 높았다. 전부터 그랬다.

'마지막 불의 제단, 중앙 제단, 그리고 이번에는……'

신희현의 발걸음이 빨라졌다.

신희현 일행이 숨 가쁘게 신희현을 뒤쫓았다.

이곳은 버섯과 나무로 만들어진 하나의 커다란 도시였다.

'역시…….'

역시 있었다.

'제단이다.'

제단이 보였다. 저 제단이 아마도 이곳을 완전히 클리어하는 데에 가장 큰 역할을 할 것이다.

그때, 목소리가 들려왔다.

"우리를 도와줘서 고맙소."

신희현이 옆을 쳐다봤다. 언제 나타났는지 알 수 없었다. 신희현이 기척을 놓쳤다는 소리다.

"당신은?"

역시 요정이었다. 크기는 손바닥만 했다.

"나는 이곳의 시장입니다."

그는 요정 중에서도 나이가 제법 있어 보였다. 기다란 수염이 허리까지 자라 있었고 눈썹과 머리가 모두 성성한 백발이었다.

"여러분 덕택에 기나긴 잠에서 깨어날 수 있었습니다. 고맙습니다."

신희현은 단숨에 파악했다. 이 NPC에게는 잘 보이는 게 맞다.

낯빛을 싹 바꿨다.

"아니요. 저 역시 해야 할 일을 했을 뿐입니다. 여러분이 기나긴 잠에서 깨어났다는 것에 저는 무한한 자긍심과 기쁨을 느낍니다."

"……."

신희현 일행은 순간 말문이 막혔다. 강민영조차도 가끔은 저런 신희현의 모습이 적응이 안 됐다.

자신을 시장이라 밝힌, 신희현조차도 기척을 놓쳤던 그 요정은 허허허! 하고 웃었다. 그러고선 물었다.

"정말 멋진 분들이시군요. 그런데……."

아주 약간, 요정의 기세가 변했다. 정확하게 말로 표현할 수는 없어도 신희현조차 찔끔 놀랄 정도였다.

"요정석은 어디에 있습니까?"

알림도 이어졌다.

[요정 제단이 요정석을 필요로 합니다.]

요정 제단에서 불길이 피어올랐다.

[요정 제단의 불길에 요정석을 투입하십시오.]
[요정 제단의 불길이 꺼지면 요정 도시는 다시 침몰합니다.]
[요정 제단의 불길이 꺼지면 요정 도시 내 인원 전원이 석화됨

니다.]

시장이 또 말했다. 아까의 친절함은 온데간데없었다.
"요정석이 어디 있냐고 묻지 않는가!"
신희현은 혹시 몰라서 시장의 레벨을 디텍팅 해봤다.

[레벨: 548]

현재 신희현의 레벨이 533이다. 아탄티아에서 13레벨이
오른 덕이다. 그럼에도 시장의 레벨은 신희현 자신보다 레벨
이 15나 높다.

싸운다면 싸울 수 있겠지만 이곳에 있는 요정이 전부 달려
든다면?

[레벨: 510]
[레벨: 509]

주변 요정들의 레벨도 무려 500이 넘었다. 평균 레벨이 약
510 정도다. 이들과 싸운다면 아마도 몰살을 면치 못할 거다.
'싸우라고 있는 던전은 아냐.'
확실했다. 전투를 위한 던전이었다면 어딘가에 이 요정들
을 쉽게 처리할 수 있는 단서 같은 게 있을 터였다.

'전투는 차후에 생각하고.'

쉽게 갈 수 있는 길을 놔두고 어렵게 갈 필요는 없지 않은가.

신희현은 강민영에게 손을 내밀었다. 기다렸다는 듯 강민영이 신희현에게 뭔가를 내밀었다.

그것은 다름 아닌 '요정석'이었다.

신희현은 고대 호수를 심연의 바다의 모태가 되는 곳이라고 해석했다.

그의 생각이 맞든 맞지 않든 일단은 조심하는 게 가장 좋았고, 그래서 강민영에게 부탁했다. 쉐어러를 사용해서 이 요정석을 카피해 달라고 말이다.

과거 대격변 초창기, 그러니까 신희현과 강민영이 '폭풍 레벨 업'을 할 때 사용했던 성장형 아이템이 바로 쉐어러였다. 그때는 '룰 브레이커'를 카피해서 사용했었다. 이전에는 사용 제한 시간이 3분이었지만 강민영이 초월자에 가까워감에 따라 현재 그 사용 시간이 무려 20분으로 늘어났다.

즉, 아까 깨뜨린 것은 능력을 고스란히 복사한 '카피 요정석'이었고, 무사히 요정의 도시 아틀렌티에 입성할 수 있었던 것이다.

그때, 알림이 들려왔다.

[3분 내에 요정 제단에 요정석을 투입하십시오.]

시간 카운트가 시작됐다.

'굳이 이 시점에?'

현재 시장은 꿀 먹은 벙어리가 되어 있는 상태. 저 상태가 과연 정상일까.

'내게 미안하고 죄송해서…… 아무런 말도 못 하고 있다고 생각해야 하나?'

그건 아닌 것 같다. 방금까지 역정을 냈다. '요정석은 어디 있는가!'라면서 화를 냈던 요정이다. 따지고 보면 굉장히 불 같은 성격을 가진 요정인데 지금처럼 가만히 있는 건.

'이 녀석을 협박해서 뭔가를 더 뜯어낼 수 있다는 얘기 인가.'

NPC는 모든 플레이어에게 평등하지 않다. 플레이어에 따라 보상도 가려서 준다. 어떻게 접근하느냐, 어떻게 구슬리 느냐에 따라서.

'게다가 시간도 넉넉히 주어졌고.'

심지어 3분의 시간을 친절히 알려줬다. 그러면 3분 내에 넣기만 하면 되는 것 아니겠는가.

"시장님, 보이십니까?"

"……예."

아까의 화를 내던 요정은 없었다. 요정의 날개가 파르르 떨렸다.

"마치 저를 죽일 것처럼 노발대발하시더군요."

"그, 그렇지 않습니다. 아마 착각일 겁니다."

"착각치고는……."

신희현이 주변을 둘러봤다. 목격자가 너무 많지 않은가. 요정들도 있고, 자신의 일행들도 있고.

거기에 더해.

"저도 똑똑히 목격하였습니다. 한 도시를 책임지고 있는 분께서 너무 성급하게 분노를 드러내신 것 같습니다."

엘렌이라는 파트너까지 있다.

엘렌이 6장의 날개를 활짝 펼쳤다. 모르는 사람이 본다면 '성스러움과 고귀함이 철철 넘치는 자태'라고 표현할지도 모를 일이지만 신희현은 이제 알고 있다.

'잘했어, 엘렌!'

저 성스러움과 고귀함은 사기를 칠 때 아주 유효적절했다.

설마 저런 고귀한 모습을 가지고서 사기를 치겠는가?

일반적인 사람들은 다들 그렇게 생각할 거다.

결국 시장은 땅으로 내려가 무릎을 꿇었다. 날개까지 접었다.

"죄송합니다. 신의 용사들을 몰라 뵙고…… 제가 커다란 결례를 저지르고 말았습니다. 부디 한 번만 용서하여 주십시오."

엘렌이 모습을 감췄다. 영체화 상태로 돌아간 거다. 그러고서 신희현에게 속삭였다.

"용서하셔야 할 것 같습니다. 요정족은 현재 자신이 취할 수 있는…… 최대한의 예를 취하고 있는 것입니다."

강민영의 파트너인 험머 역시 눈을 크게 떴다.

'요정족이 날개를 접는 일은 흔치 않다고 들었는데! 잘못을 하긴 했나 보다.'

신희현은 고개를 끄덕였다.

시간을 체크했다. 남은 시간은 약 1분 30초.

말뿐인 공수표는 필요 없다.

"당신은 요정들의 대표겠지요?"

"그렇습니다."

"그렇다면 긴말은 필요 없겠군요. 제게 그런 과도한 예를 취할 필요는 없습니다."

약간의 연기가 필요한 시점.

진지한 목소리로 말했다.

"요정족이 자신의 날개를 접는 것은…… 어마어마한 수치를 감내하는 것이며 상대에게 최대한의 예의를 드러내는 것이라 알고 있습니다."

"……죄송합니다. 제가 너무 성급했습니다."

"저에 대한 예의는 이제 그만둬도 좋습니다. 화해의 제스처는 충분히 전해졌습니다."

그래, 지금부터는 나를 잊자. 오그라들고 중2병 같아도 지금의 나는 내가 아닌 것이다.

신희현은 스스로에게 세뇌했다. 그리고 말했다.

"그대가 요정의 대표인 것처럼 나 역시 인간의 대표입니다. 아탄티아의 군주 칭호를 가지고 있으며 성군의 증표 역시 갖고 있습니다. 인간들은 저를 일컬어 빛의 성웅이라 부릅니다."

"……."

이러한 상황에 익숙하지 않은 임찬영은 조금 헷갈렸다.

'응?'

신희현에게 저런 모습이 있었나? 그는 '빛의 성웅'이라는 칭호 자체를 별로 안 좋아하지 않았던가? 그래서 빛의 성웅보다는 신희현이라 불리는 걸 좋아했던 것 같은데. 뭔가, 뭔가 이상한 것 같은데……!

라고 생각했다. 하지만 눈치 없이 나서지는 않았다.

'뭔가…….'

그럴 리 없겠지만.

'흡사 사기 비슷한 것을 치는 것 같은……?'

에이, 그럴 리 없다. 빛의 성웅 아닌가. 그 유명한 빛의 성웅이 그럴 리 없다.

임찬영은 괜히 눈을 감고서 자신의 불경한(?) 생각을 없애려 노력했다.

한편, 시장은 눈을 크게 떴다. 지금 이런 말을 하는 것은.

'대표 대 대표로서 얘기하자는 것인가.'

아무래도 그런 것 아니겠는가.

현 시각, 갑자기 인류의 대표가 된 신희현이 말했다.

"현재 남은 시간은 1분가량. 요정의 대표가 인류의 대표를 욕보였으니…… 그에 상응하는 뭔가가 필요합니다."

그래, 이건 문화 차이야.

"인류는 요정과는 다르게 체면을 매우 중요시합니다."

아주아주 어쩔 수 없다는 표정을 지어야겠어.

신희현은 매우 곤란한 듯한 표정으로 말을 이었다.

"저 혼자만 있었다면 그냥 넘어갈 수 있겠지만…… 제 동료들이 옆에 있는 상황입니다. 이러한 경우, 실질적 보상 없이 그냥 넘어간다면…… 저는 매우 곤란한 위치에 놓이게 됩니다. 요정의 대표께서는 제 말을 충분히 이해하시겠지요."

물론 그런 거 없다. 곤란한 상황 따위 펼쳐질 리 없지 않은가. 애초에 그는 인류의 대표가 아니니까.

어쨌든 거짓말한 건 없다. 그가 아탄티아의 군주 칭호를 갖고 있는 것도 확실했고 성군의 증표를 갖고 있는 것도 맞았으니까. 사람들이 빛의 성웅이라 부르는 것도 거짓말이 아니고.

"……그런 상황이시군요."

요정족의 대표, 그러니까 시장은 신희현의 말을 충분히 이해한 것 같았다.

신희현은 자신의 전략이 제대로 먹혀들었다는 것을 확신

했다.

"남은 시간은 이제 30초에 불과합니다. 요정족의 대표께서는 어서 결단을 내려주십시오."

한술 더 떴다.

"제가 부탁합니다."

그 말에 결국 시장은 무너졌다. 자신의 날개 두 장을 제 손으로 뽑아버렸다.

"큭……!"

주변의 요정들이 '시, 시장님!', '시장님! 그, 그것만은!' 하고 외친 것으로 보아 시장으로서는 굉장히 커다란 출혈을 감수한 것이 틀림없어 보였다.

알림이 들려왔다.

['요정의 날개'를 획득하였습니다.]

요정의 날개를 엄숙한 표정으로 받아 든 신희현이 말했다.

"인류 대표는 요정 대표의 요청을 묵살할 수 없게 되었습니다. 나는 요정석을 요정의 제단에 넣겠습니다."

요정의 제단에 가까이 걸어갔다.

[불굴의 의지 +70이 저항합니다.]

조금 힘들었다. 초월자가 된 지금도 불길을 감당하기가 어려웠다.

'라이나, 조금만 도와줄 수 있겠어?'

'안 도와줄 건데.'

신희현은 씨익 웃었다.

정말 안 도와주려고 했다면 아예 목소리조차 내지 않았겠지.

'야, 그런 거 아니거든.'

걸음을 옮겼다. 그랬더니 과거에도 들렸던 알림이 들려왔다.

[요정 제단에 지나치게 가까이 접근합니다.]

[신성 영역을 침범합니다.]

[요정 제단이 경고합니다.]

몸이 뜨거워짐을 느꼈다.

그래도 예전에 '마지막 불의 제단'에 접근했을 때보다는 덜 힘들었다.

[요정석을 확인합니다.]

아무래도 요정석 덕분인 것 같았다. 그래도 안전한 게 제일 아니겠는가.

신성 영역을 침범했다? 그러면 신이랑 같이 가면 되는 것
이다.

신희현은 입을 작게 열었다.

"소환사의 비술."

적어도 소환하는 것만으로는 마력이 소모되지 않는다.

"라이나 소환."

요정 제단에 접근하는 딱 1초 정도만 시간을 벌어주면 된다.

'안 도와준다고 했잖아.'

그러나 신희현은 느꼈다. 몸이 굉장히 편안해진 것을 말이다.

신희현은 요정석을 요정 제단의 불길 속에 넣었다.

불길이 치솟아 올랐다.

[요정석을 확인합니다!]

[요정 제단의 불이 꺼지지 않습니다.]

[요정들이 기뻐합니다.]

요정들은 굉장히 기뻐하는 것 같았다. 그런데 한 명은 기
뻐하지 않았다.

'젠장, 이래서 싫었는데.'

그건 라이나였다.

'뭐가?'

'…….'

라이나는 또 입을 다물어버렸다.

아주 나중에 엘렌이 조심스럽게 의견을 냈다.

"혹시 라이나 님은 자신이 아주 짧게 소환되고 다시 돌아가 버려야 하는 상황이 싫으신 거 아닐지 모르겠습니다. 만나자마자 이별을 해야 하는 것이라 생각하면…… 그분의 행동도 이해가 될 것 같습니다. 어디까지나 제 자의적인 추측에 불과하니 신희현 플레이어께서는 걸러들으십시오."

라고 말이다.

어쨌든 요정 제단의 불길이 세차게 타올랐고 요정들은 꺄르르 웃으면서 이리저리 마구 날아다녔다.

흡사 빛을 뿌리는 나비 떼가 춤을 추는 것 같았다.

"고맙소! 정말 고맙소!"

날개를 잃어 걸어 다니게 된 시장이 눈물을 흘리며 연거푸 절을 했다.

신희현은 끝까지 인류 대표로서의 위엄(?)을 잃지 않으려 노력했다. 혹시 콩고물이 더 떨어질지도 모르니까.

그는 한쪽 무릎을 꿇고서 조심스레 손가락 하나를 시장에게 건넸다.

"아닙니다. 응당 해야 할 일을 했을 뿐입니다."

그러자 요정들이 꺄르르 웃었다.

꿈속에서 들리는 것처럼 아련한 목소리지만 귀에는 확실히 들리는 목소리로 계속해서 외쳤다.

"빛의 성웅 만세!"

"인류 대표 만세!"

알림이 들려왔다.

[성군의 증표에 긍정적인 영향을 끼칩니다.]
[성군의 증표에 긍정적인 영향을 끼칩니다.]
[성군의 증표에 긍정적인 영향을 끼칩니다.]

우연의 일치인지는 모르겠지만 성군의 증표에 긍정적인 영향을 끼쳤다는 알림이 아주 많이 들려왔다.

그리고 알림이 이어졌다.

[축하합니다!]
[고대 호수가 클리어되었습니다.]

신희현은 문득 이상함을 느꼈다.

'어째서?'

아직 로자리오 대저택에 들어가지 않았는데. 던전이 이어져 있던 것 아니었던가.

'결국…… 통로를 통해 이어져 있기만 했던 건가.'

이어져 있는 던전. 무엇을 의미하는 걸까.

신희현은 나름대로 결론을 내렸다.

'이어져 있는 던전, 그것은 곧.'

고대 호수에서 얻은 보상이 '로자리오 대저택'에서 매우 커다란 역할을 하게 될 것이다.

그러할 가능성이 매우 높다고 생각했다.

[클리어 등급을 산정합니다.]

등급은 히든 고대 던전답게 '프리미엄 노블레스 등급'.

프리미엄 노블레스 등급 자체에 대한 감흥은 그리 크지 않았다. 중요한 건 이제부터 주어지는 보상일 터.

'어떤 보상이냐에 따라…… 로자리오 대저택 공략법이 달라지겠어.'

그리고 크게 보면 최후의 던전까지 가는 길도 달라질 수 있지 않을까?

그런 생각을 해봤다.

알림이 이어졌다.

7장
임시 자유 포인트

[프리미엄 노블레스 등급이 산정됩니다.]

그 알림보다도 신희현에게 중요한 건 따로 있었다.
그깟 프리미엄 노블레스, 앞으로도 하면 되는 거고.
그 이름 자체는 그에게 큰 의미가 없었으니까.
신희현에게는.

[축하합니다!]
[임시 자유 포인트가 지급되었습니다.]

임시 자유 포인트라는 것이 지급되었다.

'이게 뭐지?'

과거의 삶에서도 보지 못했던 포인트다. 자유 포인트도 아니고 임시 자유 포인트라니. 모든 상황에서 모든 스탯에 포인트를 부여할 수 있지만, 그 효과가 일시적인 포인트였다.

'글쎄······.'

이게 좋은 건지는 잘 모르겠다.

어째서 이런 보상이 주어졌을까?

명색이 히든 던전을 클리어했는데 일반 자유 포인트도 아니고 일시적으로 스탯이나 스킬 등을 올려주는 포인트라니. 쓸모없어 보이지 않는가.

신희현이 물었다.

일단은 강민영부터.

일부러 모두가 있는 지금 이 자리에서 질문을 던졌다.

"민영이 너는 어떤 보상이 주어졌어?"

"나는······."

강민영은 고개를 갸웃했다. 여태까지와는 다른 형태의 마법, 그러니까 스킬이 보상으로 주어졌기 때문이다.

"시너지······ 이펙트?"

"시너지 이펙트?"

역시 모르는 보상이다.

과거에 강민영이 가졌던 스킬은 모두 꿰고 있다. 그녀가 가지고 있던 스킬 중에 시너지 이펙트라는 스킬은 없었다.

"어떤 스킬인데?"

"불에 관한 친화력을 대폭 높이고 발현된 화염계 마법 혹은 불의 정령과의 연계를 효과적으로 펼칠 수 있는 증폭 스킬…… 이라는데?"

설명만으로는 조금 부족했다. 직접 사용해 봐야 알 것 같다고 대답했다. 그러나 신희현은 알 수 있었다.

'저 스킬은…….'

지금 당장은 쓸모없을지도 모른다.

하지만 이후에 있을 최후의 던전, 그중에서도 초열지옥에서 써먹을 수 있는 스킬이 틀림없었다.

'최후의 던전으로 이어진다. 그렇다면 다른 애들은?'

신희아에게 물었다.

"희아, 너는?"

"나는 더블 스킬이란 게 생겼어."

"그게 뭔데?"

"버프 스킬이야. 플레이어 한 명이 가진 스킬 중 하나의 쿨타임을 없애줘."

"두 개의 스킬을 동시에 사용할 수 있게 해준다는 뜻이야?"

"응, 근데 나도 써봐야 알 것 같아."

신희아의 스킬은 어디에 어떻게 써먹어야 할지 정확한 감은 오지 않았다. 최후의 던전에 어떤 식으로든 도움이 될 거라는 것만 막연히 짐작될 뿐.

"강철이는?"

"완전 회복이래, 형."

퓨리어스 같은 능력인가 했더니 그만큼 완벽한 건 아닌 모양이었다.

"대신 내가 번 아웃에 빠져."

번 아웃에 빠져도 지켜줄 누군가가 버티고 있는 상황, 그리고 반드시 살려내야만 하는 위급한 상황에서 요긴하게 써먹을 수 있는 스킬이라 할 수 있었다.

신희현은 강유석을 쳐다봤다. 그런데 강유석의 표정이 조금 진지해 보였다.

"형, 저는 나중에 따로 말씀드려도 될까요?"

"그래."

아무래도 이 자리에 함께 있는 임찬영, 탁민호, 임설희, 최성일 등을 의식한 것 같았다. 다른 사람들이야 보상을 공유해도 될 것 같다 판단을 내렸으니 말한 것일 테고.

그리고 신희현이 자신의 팀원들에게 먼저 물어본 것은 '자, 우리 팀원들이 보상에 관해 공유를 했으니 너네도 공유를 해야겠지?'라는 무언의 압박이라 할 수 있었다.

신희현은 매우 자연스럽게 당연한 순서인 것처럼 말을 이었다.

'민호 형은 어차피 우리랑 한배를 탄 사이고, 나를 백 퍼센트 신뢰하고 있으니까.'

그러니까 먼저 물었다. 아주 자연스럽게.

"탁민호 씨는 어떤 보상을 얻었죠?"

그 역시 아주 자연스럽게 말을 이었다.

"극한의 의지라는 패시브 스킬입니다. 상당히 유용해 보이는군요."

불굴의 의지와 비슷한 형태의 스킬인 것 같았다. 역시 최후의 던전에서 큰 도움이 될 수 있을 터.

자, 그렇다면 이제 반쯤 호구(?)에 가까운 임찬영 차례.

"임찬영 씨는 어떤 보상을 얻었죠?"

여기서부터가 중요하다. 히든 던전과 관련된 보상을 얻었을지도 모를 일이니까.

"저는……."

임찬영은 고개를 갸웃했다.

"광역 공유라는 스킬입니다만……."

머리를 긁적거렸다.

"무슨 스킬인지는 모르겠네요. 활성화가 안 됐어요. 활성화 조건이 따로 있는 모양입니다."

그리고 괜히 손사래를 쳤다. 큼지막한 송아지 같은 눈망울을 크게 뜨고서 자신의 결백을 주장했다.

"진짜입니다. 거짓말하는 게 아니에요."

신희현은 고개를 끄덕였다. 임찬영의 성격상 거짓말을 할 리는 없다고 본다. 이 타이밍에 거짓말을 할 필요도 없었고.

지금은 임찬영도 정보가 필요한 상황 아닌가.

'나도 모르는 스킬이다.'

어차피 정보를 줄 수 있는 상황도 아니긴 했지만, 하여튼 이 상황은 제법 고무적인 상황이라 볼 수 있었다.

원래대로 따지면 타 팀원들과 자신의 보상을 공유하는 게 이상한 거다. 그저 빛의 성웅 팀이 지금 이상한 분위기를 만들고 있을 뿐.

거기 임찬영이 한술 더 떠 '나는 거짓말 안 하고 있습니다!'라며 손사래를 쳤다. 당연히 말 안 해도 되는 건데. 그 덕에 임찬영 역시 이 이상한 분위기를 만드는 데 한몫 거들었다.

신희현이 또 물었다. 아주 자연스럽게.

"최성일 씨와 임설희 씨는 어떻게 됐죠?"

자, 어서 히든 던전과 관련된 보상이 나왔다고 내게 얘기를 해봐라.

라는 그 마음은 아주 정중한 질문으로 표현됐다.

최성일과 임설희는 뭔가 이상한 것 같다는 생각을 하면서도 분위기에 휩쓸려 대답을 하고 말았다.

"저번과 비슷합니다."

그렇다면.

'지도?'

지도일 가능성이 높았다.

'어디를 가리키는 거지?'

아탄티아 내에서 고대 여왕 성을 찾아낼 수 있었던 결정적인 단서를 제공했던 도적들이다. 이번에는 어떤 단서를 제공할지 파악해 놓는 것이 중요했다.

"그런데 저희도 지금은……."

"해석이 불가능한 겁니까?"

"예."

어떤 조건을 만족시켜야만 해석이 가능한 지도가 주어진 것 같다.

'찬영이 형과 최성일, 둘 모두 최후의 던전 혹은 히든 던전과 관련이 있을 가능성이 높겠지.'

결론을 내렸다.

강유석의 보상이 무엇인지 궁금했지만 그건 일단 나중으로 미루기로 했다.

보상 절차가 끝나자 요정들은 만세를 부르며 신희현 일행의 주위로 몰려들었다.

꺄르르- 꺄르르-

웃음을 토해내며 신희현 일행을 빙글빙글 돌았다.

신희현은 알 수 있었다.

'던전 탈출이 진행되지 않는다……?'

던전이 클리어되었다는 알림은 분명히 들었다. 프리미엄 노블레스 등급 클리어까지 받아냈다. 그런데 던전 밖으로 이동이 되질 않았다. 지금 상황이 무엇을 뜻하는 건지 알 수 없었다.

[요정의 축제가 시작됩니다.]

축제에는 크게 관심이 생기지 않았다. 저 축제 속에 단서
가 있는 건가, 생각해 봤지만 알 수 없었다.

'어떤 요건을 만족해야 하는 거지.'

요정들이 노래를 불렀다. 하늘을 날아다니면서 금빛, 은빛
가루들을 이리저리 뿌렸다.

저녁이 가까워졌다.

날개를 잃고 두 발로 걷게 된 시장이 정중하게 말했다.

"쉴 곳을 마련해 드리겠습니다."

요정들의 축제가 이어지고 있는 제단이 훤히 보이는 근처
의 거대 버섯. 그 버섯에 달린 문을 열고 들어갔다. 특수한
마법이 걸려 있는 건지 문의 안쪽은 굉장히 크고 넓었다. 현
대식 건물이라 해도 믿을 정도였다.

거대 버섯 안에는 1인당 1개의 침실이 마련되어 있었다.

3시간이 흘렀다.

탁민호와 임찬영이 신희현의 방에 찾아와 물었다.

그들은 길잡이다. 남들이 쉰다고 그들도 같이 쉬면 안 된다.

"저희는 어째서 이곳에 머물게 된 것일까요?"

신희현도 알 수 없었다.

"저도 잘 모르겠습니다. 지금 파악 중입니다."

위험 요소는 없다고 판단됐다.

지금 당장 떠오르는 건 '중간 통로'와 '로자리오 대저택', 그 두 가지다. 그 두 개에 단서가 있을 확률이 높다.

'조금 쉬었다가 내일 탐색하는 것이 좋겠어.'

요정의 도시에서 하룻밤 정도는 휴식을 취하는 것이 좋겠다는 판단이 들었다.

요정들의 축제는 밤늦게까지 이어졌다.

요정 제단 주위의 요정들 중 하나가 덩실덩실 춤을 추면서 말했다.

"그런데 '그분'은 왜 안 오시지?"

"글쎄, 우리가 깨어났다는 걸 모르는 거 아닐까?"

신희현은 휴식을 취하는 와중에도 그들이 말하는 것을 귀담아들었다. 어떤 단서가 있을지 모르니까.

그리고 얼마 뒤, 신희현은 '그분'이 누군지 알 수 있었다.

"탁민호 씨와 임찬영 씨도 저들이 하는 말을 들었으리라 짐작됩니다."

"예, 그분이라 말이 종종 오가더군요."

"아무래도…… 이곳을 완벽하게 클리어하고 나가는 데에는 '그분'이라는 게 필요한 모양입니다."

어쩌면 요정들이 말하는 '그분'이 지금 받은 확인 불가능한 보상들을 확인할 수 있도록 도와줄지도 모를 일이다.

'설마.'

신희현은 설마 싶었다.

'아니면 좋겠지만…….'

아니라고 믿고 싶지만.

'중간 통로, 그리고 로자리오 대저택.'

결국 로자리오 대저택과 아틀렌티는 '중간 통로'로 이어져 있는 게 아니겠는가.

그렇다면 저들이 기다리고 있는 건.

'로자리오일 가능성이 매우 높다.'

로자리오가 나타난다면 어떻게 대처해야 하는 거지?

머리가 벌써부터 아파왔다.

그때, 박수 소리가 들려왔다.

짝! 짝! 짝!

요정 제단의 요정들이 조용해졌다.

때는 늦은 밤, 보름달이 떴다.

박수 소리와 함께 모습을 드러낸 사람은.

'로자리오.'

신희현이 임찬영과 탁민호에게 조심히 말했다.

"모두 내 방으로 모이라 하세요. 조용히, 번잡하지 않게."

로자리오가 이곳까지 제 발로 행차했다. 신희현은 청각을 최대한 끌어올렸다.

'우리의 존재를 알고 있을까?'

모르겠다. 섣불리 레벨 디텍팅을 시도했다가 위치가 발각된다면?

로자리오는 정공법으로 사냥할 수 없는 보스 몬스터다.

당시 로자리오가 자신이 정했던 룰인 '400명 인간의 피를 흡수하면 잠을 잔다'라는 룰이 없었다면, 그때의 플레이어들은 절대로 로자리오 대저택을 클리어할 수 없었을 거다.

'피닉스가 있다고 해도……'

뱀파이어는 아마도 리치와 비슷할 거다. 어둠 속성이라 단언할 수는 없지만 어둠 속성에 가까울 것이라 생각하고 있다.

그러나 피닉스가 만능은 아니다. 또 다른 히든 던전인 '고대 신전'을 클리어할 때 이미 증명된 일이다.

이름은 아발론 티아 프로시어스.

스스로의 세례명이 아발론이며 자신을 신의 사제라고 밝혔던 리치.

플래티넘 골렘을 제작했다고 알려진 그는, 정공법으로는 사냥이 불가능했던 몬스터(?)였다.

'아발론, 그리고 로자리오.'

그와 연관 지어 생각해 보자면 로자리오 역시 레벨이 '???'로 표현될 가능성이 높았다. 레벨 절대 룰에 의해 사냥 자체가 불가능한 몬스터 말이다.

창백한 피부, 인간과 똑같은 모습, 붉은 눈동자, 시커먼 흑발.

로자리오는 굉장한 미남이었다.

"모두 조용히 하고 있어."

혹시 싸워야 하는 상황이 온다면 어떻게 해야 하지?

어떤 방식으로 싸워야 하는지, 혹은 어떤 방식으로 살아남아야 하는지 궁리해야 했다. 공략법은 분명히 있을 터.

'로자리오가 직접 찾아왔다.'

요정들은 '그분'이라 칭하며 로자리오를 좋아하는 모습을 보였다.

'싸우지 않고서 상황을 돌파할 수 있을 가능성이 높아.'

길잡이는 최악의 상황과 최선의 상황을 둘 다 염두에 두고 계획을 짜야 했다.

'어떻게?'

청력을 극대화해 로자리오가 무슨 말을 하는지 귀담아들었다.

로자리오가 말했다.

"시장님은 어디 계시는가?"

요정 하나가 꺄르르 웃으며 대답했다.

"어서 오셔요. 시장님은 고열 때문에 쓰러져 계셔요."

"고열? 시장이 어찌하여 그런 통증을 느끼고 있는 것인가? 날개가 뽑히지 않는 이상 그럴 일은 없을 텐데."

그러다가 문득 로자리오가 고개를 돌렸다. 그 방향은 신희현 일행이 머물고 있는 거대 버섯, 그중에서도 신희현을 정확하게 쳐다보고 있었다.

신희현은 저도 모르게 고개를 움츠렸다.

갑자기 강민영이 깜짝 놀라 소리쳤다.

"오빠!"

그리고 그때 구슬 같은 것 하나가 날아와 벽에 박혔다.

신희현은 등골이 서늘해졌다.

저걸 맞았으면 어쩌면 즉사했을지도 모를 일이다.

그런데 더욱 무서운 건, 로자리오가 전력을 다하지 않은 것 같다는 것이었다.

신희현은 침착하게 상황을 파악했다.

'우리가 있다는 걸 이미 알고 있었다. 그는 지금 우리에게 호의를 보이지 않지만 지금 당장 전투를 시작할 생각도 아냐.'

그럴 생각이 있었다면 지금 전력을 사용해서 뱀파이어 날개를 펼치고 날아왔겠지.

로자리오가 말했다.

"혹시 저놈들이 침입을 한 건가? 그때처럼, 또?"

버섯들이 부르르 떨리기 시작했다. 로자리오가 분노하고 있다는 뜻이었다.

"그래서 시장이 또다시 아파하고 있는 것인가!"

로자리오의 등 뒤에 날개가 펼쳐졌다.

검은색 날개. 과거 플레이어들을 악몽으로 몰아넣었던, 그 날개였다. 로자리오가 본격적인 전투를 시작할 때 펼치는 그 날개.

신희현이 이를 악물었다.

"젠장."

이대로 싸우면 무조건 죽는다. 대대적으로 헌혈을 받아 400명분의 피를 상급 간소화 주머니에 가지고 왔다면 모를까, 지금은 그것도 준비되지 않았다.

어떻게든 싸우는 것만큼은 피해야 했다.

일단 크게 외쳤다. 정말로 죽음을 무릅쓰고 도박을 했다.

"이 멍청하고 무식한! 단순 무식한 뱀파이어의 제왕 놈아! 너는 그리도 상황 파악이 안 되는 것이냐!"

엘렌이 말하는 빛기꾼, 그러니까 빛의 사기꾼이 빛을 발했다.

"예나 지금이나! 도무지 달라진 것이 없구나! 대뜸 블러드 볼을 던지질 않나! 그러고도 군주라 할 수 있느냐!"

8장
강유석의 보상

"예나 지금이나! 도무지 달라진 것이 없구나! 대뜸 블러드 볼을 던지질 않나!"

과거에도 분명히 로자리오는 블러드 볼을 던졌고 그 블러드 볼에 많은 플레이어가 죽지 않았던가.

그리고 로자리오는 상대의 본심을 간파할 수 있는 능력이 있다고 알려져 있다. 적어도 과거의 행적으로 비추어 보면 그랬다.

로자리오가 갑자기 사라졌다.

"……너는 누구냐?"

그리고 신희현 바로 앞에서 모습을 드러냈다.

엄청난 속도의 블링크였다. 만약 로자리오가 마음먹고 신희현을 공격하려 했다면 방어할 수 없었을 것이다.

신희현은 긴장했다. 말을 이었다.

"나는 인류의 대표이며 아탄티아의 군주. 그리고……."

과거 로자리오는 이렇게 말했었다.

"내 오랜 친우였던 프랑크는 내가 가장 사랑했던 인간이었다. 그러나 그는 나와 교류를 나누었다는 이유만으로 인간들에게 죽었다. 내가 잠에 빠져든 사이, 비겁하게도 인간들은 내가 가장 사랑한 친우를 죽여 버린 것이다. 이에 나는 인간을 혐오한다. 인간은 쓰레기와도 같은 종족이다."

신희현이 그 말을 모두 기억하고 있는 건 아니었지만 대략적으로는 기억했다.

"그는 불에 타서 죽었다. 나는 그의 간절한 부름에 응답하지 못했다. 빌어먹을 내가 잠에 빠져들어 있었기 때문이다. 나는 인간을 저주한다. 또한 내 스스로를 저주한다."

신희현은 그 짧은 시간 동안 머리를 굴렸다.

'최용민과 마찬가지로 진실과 거짓을 구별할 수 있는 눈을 가지고 있을 확률이 높다.'

뻔하디뻔한 거짓말은 안 된다.

지금 고무적인 거라면 로자리오가 공격을 멈추고 있다는 것 정도.

호랑이 굴에 들어가도 정신만 차리면 산다고 했다.

"네가 사랑했던 친우인 프랑크에 대해서도 알고 있는 사람이다."

"……뭐라 했느냐?"

좋았어.

대충 걸려든 것 같다.

로자리오는 단순 무식한데, 그 단순 무식함을 실제로 행동할 행동파 제왕이다. 뒷사정이나 배경 따윈 관심 없고 그저 눈앞에 보이는 것으로 판단을 내리고 그 판단에 대해 무식하리만치 빠르게 행동하는 막무가내라는 소리다.

지금은 그 막무가내의 행동에 제동을 건 것만으로도 충분히 성공적이라 할 수 있었다.

"프랑크는 쓰레기 같은 인간들 때문에 죽었다."

"……"

"불에 타서 처절하게. 그 순간에도 로자리오, 당신의 이름을 부르고 있었지."

뱀파이어의 제왕 로자리오는 지금 혼란에 휩싸인 것 같았다.

인간이 어떻게 그때의 일을 알고 있는 거지? 정말로 프랑크와 친했던 인간인가?

신희현은 눈물을 겨우겨우 끌어올렸다. 이 정도면 연기 대상감이다. 목숨이 걸려 있다 생각하니 연기를 펼치는 게 그리 어렵지는 않았다.

"하지만 당신은 잠에 빠져들어 있어 그를 구하지 못했다!"

"……."

"프랑크는 로자리오 당신이 죽인 거다. 개 같은 인간들의 성정은 이미 알고 있었다. 그럼에도 불구하고 프랑크와 교제를 했었지. 그러면서도 프랑크의 신변을 보호할 수 있는 대비책을 전혀 마련해 놓지 않았다. 뱀파이어의 제왕이란 자가 어떻게 그렇게 안일하고 무책임할 수 있는가!"

신희현의 볼에서 눈물이 툭 떨어졌다.

그 모습을 보고 있는 강민영마저도 고개를 갸웃할 정도였다.

'프랑크?'

오빠가 외국인 친구를 사귀었었나?

아닐 거라는 생각이 들었다.

'오빠가 울고 있다니…….'

도대체 무슨 일이 있었던 걸까…… 라고 생각은 하지만 적어도 애인인 강민영이 보기에 신희현의 눈물이 진실 같지는 않았다.

"닥쳐라! 그때는 나도 어쩔 수 없었다!"

순간, 로자리오의 주위로 핏방울이 두둥실 떠올랐다.

그 숫자가 점점 늘었다. 핏방울이 수십, 수백 개에서 수천 개로 늘어났다.

신희현은 알고 있다. 저건 뱀파이어 제왕 로자리오의 성명 절기, '블러드 볼'이다. 구슬 하나하나가 엄청난 파괴력을 가졌다.

'이 정도 시간을 끌었으면…….'

그러면 요정들이 몰려올 때가 되지 않았는가.

'시장이 와줘야 상황이 해결될 듯한데.'

로자리오를 분노하게 만든 원인, '날개가 뽑힌 시장'이 나타나야 오해를 풀고 로자리오를 진정시킬 수 있을 텐데 시장은 도통 나타나질 않았다.

'젠장.'

극단적인 표현을 사용해 시간을 끄는 데는 성공했지만 더 이상은 힘들 것 같다는 기분이 들었다.

'마틴을 소환해야 하나.'

마틴이냐.

'그게 아니면 여왕이냐.'

원래 로자리오에 대한 상대로 여왕을 생각하고 있었다. 400명분의 피와 여왕의 능력이면 충분히 클리어가 가능할 거라고 봤었다.

'여왕은 내가 제대로 컨트롤하기 어려운데.'

라이나를 필두로 하여 칸드, 피닉스, 여왕의 경우는 마음껏 부리기가 어렵다. 신희현의 마력이 뒷받침되지 않기 때문이다.

블러드 볼이 바르르 떨리기 시작했다.

"네놈이 뭘 안다고 까부느냐!"

마치 지금 당장에라도 신희현 일행을 뚫어버릴 것 같은 살벌한 기세가 터져 나왔다.

'소환사의 비술.'

신희현은 결정을 내렸다.

'여왕.'

여왕을 소환했다.

"낭군님, 소녀를 불러주시니 소녀는 기쁘답니……."

여왕이 흠칫 몸을 떨었다. 옆을 힐끗 쳐다봤다. 그래도 인사를 멈추지는 않았다.

"……다. 소녀는 낭군님을 정말로 보고 싶었답니다. 그런데 이 상황은 어떤 상황일까요? 어째서 로자리오가 낭군님께 핏덩이를 쏘아낼 것처럼 보이는 거죠?"

신희현은 교감을 통해 여왕과 교류했다.

'로자리오를 알아?'

그녀는 몸을 흠칫 떨었다. 황홀에 빠진 것 같은 표정이다. 그녀의 얼굴과 목덜미가 붉어졌다.

'낭군님과 이렇게 교감할 수 있다는 사실에 소녀는 너무나 기쁘고 황홀하답니다.'

'로자리오에 대해 아냐고 물었어.'

'알고 있어요. 소싯적에 로자리오가 저를 짝사랑하였답니다. 그때 로자리오는 뱀파이어의 왕자였어요.'

소싯적이라.

'그게 정확히 언제야?'

'제가 낭군님을 기다린 것이 2만 8천 년이어요. 로자리오가 저를 짝사랑했을 때에는 그보다 약 2만 년 전이어요.'

'4만 8천 년?'

'소녀의 기억이 맞다면 그 정도가 될 것 같답니다.'

여왕이 사뿐사뿐 걸어 로자리오 앞으로 걸어갔다.

"로자리오, 오랜만이어요. 그대에게 맞는 배필은 찾으셨는지요?"

"……다, 당신은…….."

신희현은 전혀 몰랐던 사실을 알 수 있었다. 단순 무식한 뱀파이어의 제왕이 사실은 여자 앞에서 숙맥이라는 사실을 말이다.

이후의 황당한 상황은 대략적으로 이러했다.

"그러니까 지금 그대는 나의 낭군님을 핍박하고 있었던 것이로군요."

"아, 아니, 그게 아니오. 그런 것이 정녕 아니오."

"뱀파이어의 군주께서 지금 소녀에게 거짓말을 하는 것인가요?"

로자리오는 황당하리만치 숙맥이었고 여왕 앞에서 고개조차 제대로 들지 못했다.

'이게 도대체 뭔 상황이야.'

정리를 해볼 필요가 있었다.

'뭔가…… 그림이 그려지는 느낌이야.'

아주 오래전 그는 황금 골렘을 만났다.

황금 골렘은 리치의 산물이다. 그리고 리치의 정점에 있던 '아발론'을 만났다. 그는 아주 오래전 인물이다.

아발론 말고 '맘모스 헌터'도 만났다. 그들은 인간도 아니고 펭귄도 아닌데, 사냥이 불가능한 몬스터였다. 엄청나게 강했다는 소리다.

그리고 시스템상 '고대'에 살고 있었던 몬스터로 설정된 것이 틀림없었다.

'고대 도시 아틀렌토와 아틀렌티.'

고대 도시 아틀렌토에는 저주받은 사람들이 살고 있었고.

'아틀렌티에는 요정들이 살고 있었다.'

모두 의사소통이 가능했으며 모종의 이유로 바닷속에 가라앉아 있었다.

'아탄티아에서는 여왕이 나를 2만 8천 년 동안 기다리고

있었고.'

그리고 이곳엔 뱀파이어의 제왕 로자리오가 있었다. 최소 4만 8천 년이 넘는 세월을 살아왔을 것이었다.

'결국 시스템이 말하는 아주 오래전.'

그러니까 '고대'라는 키워드로 모든 내용이 이어지고 있다.

'그리고…… 제단이 있었지.'

마지막 불의 제단, 중앙 제단, 요정 제단.

마지막 불의 제단에서 얻은 불씨로 중앙 제단에 불을 지폈고 요정석으로 요정 제단에 불을 지폈다.

이 '시스템'이라는 것이 어떤 것인지 대략적으로나마 감이 올 것 같기도 했다.

이 시스템이 무엇을 요구하고 있는지, 무슨 얘기를 하고 있는 것인지.

'아니.'

하지만 아직 확실하지는 않았다.

최후의 던전이 코앞으로 다가온 시점.

'HAN을 얻고 나면 모든 것이 확실해질 거다.'

그때까지는 잠시 판단을 보류하기로 했다.

그사이, 여왕이 말했다.

"그대가 나의 낭군님을 정말로 핍박하였다면 나는 그대를 절대로 용서할 수 없어요. 나는 낭군님을 위해 태어난 몸. 나의 군주를 위하여 그대를 징벌하겠어요."

로자리오는 땀을 뻘뻘 흘렸다.

신희현의 입장에서는 기가 찰 노릇이었다.

저런 놈이 공략 불가능한 몬스터라고?

'플레이어들을 공포에 떨게 했던 그놈이…….'

결국 지금 신희현은 '옳은 플레이'를 하고 있다는 소리였다. 과거에는 잘못된 선택으로 여왕을 얻지 못했고, 여왕이 없어서 로자리오의 대저택에서도 수많은 사상자가 발생했던 거다.

그때, 목소리가 들려왔다.

"미, 미안합니다! 제가 많이 늦었습니다!"

땅밑을 쳐다봤다. 사람 손바닥만 한 크기의 할아버지가 열심히 달려오고 있었다. 날개를 잃은 시장이었다.

시장이 말했다.

"블러드 볼을 인류의 대표에게 사용해 보십시오."

여왕이 신희현 앞에 섰다.

"저는 그것을 허락할 수 없답니다."

시장은 손가락을 좌우로 까딱까딱하면서.

"요정의 날개가 그를 수호할 것입니다."

라고 말했다.

그러자 여왕의 표정이 한결 가벼워졌다.

'그렇군요. 제가 그 사실을 미처 알지 못하였네요. 그렇다면 소녀는 낭군님의 뒤에 서겠어요'라고 말하면서 뒤로 물러섰다.

신희현은 결국 상황을 파악할 수 있었다.

"아······."

이 요정의 날개라는 것은 추후에 있을 '로자리오 대저택' 클리어에 사용할 수 있는 굉장히 중요한 아이템이었다.

그의 생각이 맞았다. 블러드 볼은 신희현에게 어떠한 대미지도 주지 못했다. 요정의 날개가 그를 덮었고 블러드 볼을 막아냈기 때문이다.

시장이 자신만만한 목소리로 말했다.

"뱀파이어의 군주여, 나는 날개를 빼앗긴 것이 아닙니다. 요정의 날개가 빛의 성웅을 보호하고 있는 것을 보면 알 수 있겠지요. 타의에 의하면 빼앗겼다면 요정의 날개는 그를 보호하지 않았을 것입니다."

사정을 들어보니 '요정의 날개'는 요정과 특별한 약속을 맺은 '뱀파이어' 종족의 공격으로부터 절대적인 안전을 보장해주는 아이템이라 할 수 있었다.

요정과 뱀파이어 사이에 어떠한 거래와 계약이 있었는지는 모르겠지만 뱀파이어의 제왕조차도 요정의 날개를 가진 플레이어를 공격할 수 없단다.

그것을 파악한 로자리오는 신희현을 인정할 수밖에 없었고 말이다.

'그랬군.'

만약 신희현이 블러드 볼을 피하지 않고 맞았다면 상황이 훨씬 쉽게 흘러갈 수도 있었다는 소리다.

그런데 로자리오의 반응이 조금 이상했다.

"빛의 성웅…… 이라고 했는가?"

신희현은 순간 이상함을 느꼈다. 어째서 그가 빛의 성웅이라는 단어에 반응하는 것인지 알 수 없었다.

"그대가 정말 빛의 성웅인가?"

"……그렇습니다만……."

알림이 들려왔다.

[로자리오의 인정을 받았습니다.]

[히든 던전: 고대 호수의 클리어 요건을 만족하였습니다.]

로자리오의 목소리가 들려왔다. 그의 목소리는 분명 떨리고 있었다.

"프랑크의 또 다른 이름이 빛의 성ㅇ……."

[던전에서 탈출합니다.]

던전에서 탈출했다.

신희현이 입술을 깨물었다. 뭔가, 커다란 걸 들은 것 같은 기분이다.

프랑크의 또 다른 이름에 대해 말했다. '빛의 성'까지는 확실히 들었는데 그 이후로는 들을 수 없었다.

'시스템의 커다란 줄기가 보이는 것 같은데.'

그에 대한 단서 하나가 주어질 뻔했는데, 듣지 못했다.

'로자리오 대저택을 찾아야 한다.'

찾아서 정확한 얘기를 들어볼 필요가 있었다. 이 시스템의 시나리오가 어떤 건지 파악할 수도 있을 테니까.

신희현 일행은 집으로 돌아왔다.

로자리오 대저택 문제는 일단 차치하고서 해결해야 할 문제(?)가 하나 있었다. 강유석과 관련된 문제였다.

강유석이 신희현의 방으로 찾아왔다.

다른 사람들 앞에서는 말할 수 없었던 보상에 관한 얘기를 하기 위해서 말이다.

"형, 제가 이번에 얻은 보상 말인데요……."

강유석은 심호흡을 했다. 무슨 얘기인지는 몰라도 뭔가 중요한 얘기인 것 같기는 했다.

'분명 파빌러스에 관한 것이겠지.'

그게 아니면 강유석이 이렇게 뜸을 들일 이유가 없다. 강유석이 말하기 꺼려 하는 걸 보아 분명히 파괴의 신 파빌러스와 관련되었을 거다.

신희현은 그렇게 생각했고 그 생각은 어김없이 들어맞았다.

"수호신 현신이라는 스킬이 생겼어요."

"현신?"

신희현 같은 경우는 라이나를 소환할 수 있는 능력이 생겼다. 그 시간이 비록 3초에 불과할지라도, 그 3초가 절실한 순간이 분명 있게 마련이다. 이번에도 요정 제단에서 그녀의 힘을 빌리지 않았던가.

1초를 번 덕분에 요정 제단에 쉽게 접근하여 요정석을 투석할 수 있었다.

'현신의 형태도 있던가?'

라이나의 말을 들어보면 수호신은 자신이 모습을 드러내는 방법을 결정할 수 있는 모양이었다. 라이나는 신희현을 위해 '소환'이라는 형태를 빌려 모습을 드러내고 있고.

그때, 목소리가 들려왔다.

'그 지독한 악취미를 가진 놈이 기어코 현신을 하겠다 이 말이야?'

라이나였다.

자기 좋을 때만 입을 여는 제멋대로인 여신.

그러나 현시점에 있어서 라이나보다 좋은 정보원은 없었다.

라이나를 살살 구슬려서 정보를 얻어내기로 했다.

'파빌러스가 그렇게 지독한 악취미를 가졌어? 고귀한 네가 그렇게 질겁할 정도로? 수호신이 다 너처럼 자애롭기만 한 건 아닌가 봐?'

신희현은 누군가 다른 사람이 들었다면 몸서리를 쳤을 법한 말을 아무렇게도 하지 않게 했다.

'당연하지. 현신의 형태를 빌리는 것만 해도 알 수 있잖아?'

'그래?'

뭐랄까, 라이나는 조금 신이 난 것 같았다.

신희현은 알 수 있었다.

아부가 통한다⋯⋯!

라이나는 아부가 통하는 상태였다. 파빌러스라는 놈이 나타나서인지는 모르겠지만 적어도 지금은 통했다.

'겨우 초월자 주제에 파괴의 신을 받아들일 수 있다고 생각해?'

'초월자 주제에 너처럼 고귀한 신을 받아들일 수는 없겠지.'

'당연하지. 몸이 남아나지 않을 거야.'

라이나의 설명은 이러했다.

라이나의 경우, 계약자의 몸을 지켜주기 위하여 강림 혹은 소환의 형태를 사용한단다. 그것은 본신의 힘을 제대로 끌어낼 수는 없지만 계약자의 신체에 크게 무리를 주지 않는다고 했다.

그에 반해 '현신'의 형태는 달랐다.

'그러니까…… 유석이의 몸을 빌려 파빌러스가 모습을 드러낸다는 거지?'

'그래, 파빌러스는 계약자를 보호할 생각이 전혀 없는 거야.'

신희현은 이 순간에도 아부를 잊지 않았다. 엘렌이 이 상황을 알았다면 신희현을 '빛기꾼'이 아니라 '빛부꾼'이라고 불렀을지도 모를 일이다.

'역시 너처럼 자애롭고 아름다운 여신을 만난 나는 세상에서 제일가는 행운아네.'

'……'

뭐랄까, 신희현의 머릿속에 볼이 붉어진 여자 하나가 떠올랐다. 굳이 표현하자면 귀여운 소녀쯤 될까? 이유는 모르겠는데 그런 이미지가 머릿속에 떠올랐다.

그 생각을 읽은 것일까. 라이나가 퉁명스레 말했다.

'야, 너 도대체 무슨 불경한 생각을 하는 거냐?'

'네가 아름답다는 생각을 하고 있었어. 너무 기쁘다 보니 별생각이 다 드네.'

라이나는 신희현의 아부 따윈 전혀 관심 없다는 듯 제 할 말을 이었다. 평소보다 훨씬 더 많이, 그리고 훨씬 더 크게 떠들었다. 교감을 통해 전해지는 목소리가 머리를 웅웅 울리는 것 같은 기분까지 들 정도였다. 아무래도 신이 난 것이 틀림없었다.

'어쨌든 놈은 자신의 힘을 많이 끌어낼 수 있는 방법을 택했고…… 저 아이가 현신을 사용한다면 2년 이내에 말라비틀어져 죽어버릴 거야.'

'파빌러스는 어째서 그런 짓을 하는 거야?'

'그래야 많이 죽일 수 있으니까.'

'…….'

파괴의 신이라더니 그 말이 딱인 듯했다.

신희현은 생각에 잠겼다.

'파빌러스라…….'

그러고 보니 시기적으로 조금 절묘하지 않은가.

강유석이 물었다.

"형, 무슨 생각을 그렇게 해요?"

"라이나와 교감을 통해 얘기했어."

라이나가 해줬던 말을 강유석에게도 해줬다.

강유석의 낯빛이 어두워졌다.

"제 의지마저도 박탈당한 상태로 움직이게 되는군요."

"그래, 네 몸을 빌려 파빌러스가 모습을 드러내는 거니까."

"알겠습니다."

강유석은 고개를 끄덕였다.

'수호신 현신'.

어지간해서는 쓸 일이 없을 거다. 아니, 쓰고 싶지 않았다.

그는 저번에 속성의 탑에서 동료들을 죽일 뻔했던 기억을 고스란히 갖고 있었다. 그런 기억은 한 번으로 족했다.

얘기를 마친 강유석은 자신의 방으로 되돌아갔다.

신희현은 침대에 누웠다. 천장을 쳐다봤다.

'시기를 계산해 보면.'

메인 던전 아탄티아가 클리어됐다. 이후 약 2년간 평화기 아닌 평화기를 유지하게 된다.

그 2년 동안 많은 것이 변했었다. 시스템적으로는 변화가 별로 없었지만 인간의 삶은 크게 변했다.

먼저, 아이템 문물을 통해 인류의 삶은 윤택해졌다. 시스템상 이렇다 할 커다란 사건은 '로자리오 대저택'에서의 플레이어 몰살 사건밖에 없었다. 2년 동안 하나의 사건이 있었을 뿐이다.

그리고 플레이어들이 법 위에 군림하게 되었다.

플레이어는 강력한 무력과 힘을 바탕으로 비플레이어를 지배했다. 그들은 힘을 갖고 있었고 아이템 문물을 이끌어 갈 수 있는 능력도 있었다.

'지금부터 2년.'

그리고 이 시기에 변한 강유석이 혜성처럼 모습을 드러냈었다.

'강유석이 공포정치를 펼쳤지.'

2년간 강유석은 레벨 절대 룰을 바탕으로 숱한 도전을 비웃으며 공포정치를 펼쳤었다.

그는 그 시대의 독재자였다.

그의 영향을 받아 많은 플레이어가 법을 비웃으며 강간, 약탈 등을 일삼기도 했었다.

'모든 것이 빠르게 진행되고 있는 지금.'

과거와 비교하면 훨씬 더 빨라졌다.

'로자리오 대저택이 나타나게 되고.'

그 이후 최후의 던전이 모습을 드러내게 된다.

'로자리오 대저택은 이미 나타났는데.'

나타났지만 조금 애매했다. 원래 알고 있던 루트가 아니라 다른 방식으로 모습을 드러내지 않았던가.

그리고 사라졌다. 예전에 알고 있던 방식으로 로자리오 대저택을 찾아야 했다.

'그렇다면 강유석이 어째서…… 갑자기 모습을 드러내서 폭군으로 행세했던 거지?'

과거의 강유석이 지금과 비슷한 시기, 그러니까 아탄티아 던전을 클리어하고 나왔을 무렵에 강력한 무력을 선보이며 모습을 나타냈었다.

'그때 수호신 현신을 사용했다가 수호신에게 잡아먹혔나?'

라이나의 말에 따르면 아무리 초월자라 해도 2년 정도면 몸이 붕괴된다고 했다.

길면 3년. 최후의 던전까지 2년이 걸렸다.

'지금 엘렌의 날개가 6장.'

그 당시 엘렌의 날개는 8장.

그걸로 미루어 보면 당시의 강유석이 자신보다 강했던 것이라 짐작할 수 있었다.

'파빌러스가 현신하면…… 8장으로 성장할 수도 있어.'

과거의 퍼즐과 현재의 퍼즐을 맞추는 과정.

정답은 아닐지도 모른다. 그래도 약간의 힌트는 얻었다. 과거의 강유석은 파괴의 신 파빌러스에게 조종당했을 확률이 매우 높았다.

'단순히 그것뿐일까?'

과연 그것뿐일까 생각을 해봤지만 지금은 알 수 없었다.

그날 밤, 신희현은 제대로 잠을 자지 못했다. 이런저런 생각이 머릿속을 가득 채웠기 때문이다.

다음 날, 신희현은 황당한 사건을 맞이하게 됐다.

신희현의 입장에서는 황당할 수밖에 없었다.

"요리 학원이라고……?"

강민영이 요리 학원을 다니겠단다.

세상에, 불의 법관이 요리 학원이라니? 갑자기 왜?

이유인즉.

"어머님, 아버님이 아델리아 씨를 너무 좋아하시던걸."

아델리아는 요리 솜씨가 매우 좋았다. 서큐버스를 동원하여 집을 깔끔하게 청소도 할 수 있었고 바가지도 긁지 않았다.

가끔씩 소환하여 집안일을 시키곤 하는데 일 처리가 그렇게 완벽할 수 없었다. 그러니 신희현의 아버지와 어머니가 아델리아를 아주 좋게 보는 건 당연한 일.

강민영이 거기에 자극을 받은 모양이다.

"민영아……."

아니, 아무리 그래도 불의 법관이 왜 그런 일을 나서서 하려고 하는 거야?

서큐버스를 소환해도 되고 가사도우미를 불러도 된다. 강민영은 그 좋아하는 레벨 올리기에만 집중해도 되지 않겠는가.

"몰라. 나 다닐 거야."

그래서 강민영은 하루에 2시간씩 요리를 배웠는데, 안타깝게도 그녀는 영 요리에 소질이 없었다.

그녀가 울상을 지었다.

"힝……."

뭘 해도 마음처럼 되지가 않았다.

모양이 그럴싸하면 맛이 없었고, 맛이 있다 싶으면 보기에 영 거북했다.

그녀 스스로도 처음 알았다. 요리에 이렇게까지 재능이 없을 줄은. 아니, 재능이 없는 수준을 넘어 그녀의 손을 거치면 맛있는 것도 맛이 없어질 정도였다.

신희현은 한숨을 내쉬었다.

'나 참…….'

앞으로는 조금 불편해도 여왕을 소환하여 집안일을 시키는 건 자제해야겠다는 생각이 들었다.

여왕이 아무리 예쁘고 집안일을 잘하고 내조(?)를 잘한다고 해도 신희현의 눈에 여자는 강민영 하나뿐이다. 강민영이 불편해하는 상황은 연출하고 싶지 않았다. 가사도우미 100명을 불러다 쓰면 썼지.

며칠이 흘렀다.

"전혀 찾을 수 없네요."

"저도 마찬가지입니다."

탁민호와 임찬영이 고개를 내저었다.

탁민호가 신기하다는 듯 말했다.

"신희현 씨가 틀릴 때도 있네요."

"……."

신희현이 어깨를 으쓱했다.

"저도 사람인데요, 뭐."

겉으로는 태연한 척했지만 속으로는 당황했다.

'로자리오 대저택은…… 찬영이 형이 가장 먼저 발견했

었다.'

그래서 임찬영을 보냈다. 그것도 탁민호와 함께. 그런데 찾을 수가 없단다.

'로자리오 대저택'은 아예 등장하지조차 않은 것처럼 사라져 버렸다.

'아직 나타나지 않은 건가?'

원래는 1년 정도 시간이 있을 테니까.

'최후의 던전이 나타나기 전, 가장 커다란 던전인데…….'

로자리오 대저택이 정식으로 모습을 드러내지 않았을 확률도 높았다. 일단은 그렇게 생각하는 게 편했다.

그런데 이상했다.

'하늘이…….'

하늘이 붉어졌다. 뉴스에서 이상 현상이 보도되었다.

ㅡ하얀 털과 붉은 눈을 가진 생쥐 떼가 발견되었습니다.

생쥐 떼가 서울에서 출몰하여 남하했다. 그 숫자가 무려 1,000만 마리에 이르렀다. 하얀 털을 가진 이 몬스터는 레벨이 약 200이었다.

'이건…….'

최후의 던전이 다가오고 있음을 알리는 전조증상이지 않은가.

'그리고……'

여섯 날개를 가진 까마귀 떼가 북상하며 하얀 생쥐를 잡아
먹을 거다.

며칠 뒤, 뉴스에서 알려왔다.

─여섯 날개를 가진 까마귀 떼가 출몰. 생쥐 떼를 공격하
고 있습니다.

'여기에…… 흑설.'

동해안 지방에 폭설이 내렸다. 하얀색 눈이 아니었다. 검
은색이었다. 사람들은 그걸 '흑설'이라 불렀다.

최후의 던전이 임박했음을 알리는 전조증상들이 속속들이
등장했다.

'그러나 로자리오 대저택은 여전히 발견되지 않았다.'

그리고 얼마 뒤, 가장 확실한 증거가 나타났다.

엘렌의 눈이 하얗게 물들었다.

"시스템 메시지를 전달하겠습니다."

9장
마지막 준비

붉어진 하늘.

하얀 털과 붉은 눈을 가진 생쥐 떼.

여섯 날개를 가진 까마귀 떼.

동해안에 내린 흑설.

사람들은 도대체 이게 무슨 일인가 싶어 매일같이 세상의 변화에 집중했다.

"뭐가 어떻게 되어가고 있는 거야?"

"이것도 그 시스템인가 뭔가 그것 때문에 이러는 거야??"

많은 사람이 두려워했다. 변화가 너무 컸다. 특히나 낮과 밤의 구분 없이 붉어진 하늘은 마치 세상의 멸망을 예고하는 것처럼 보이기도 했다.

그리고 뒤를 이어 파트너들을 통한 동시다발적인 알림 전달이 시작됐다. 신희현의 경우는 엘렌이, 강민영의 경우는 험머가 알림을 전달했다.

"최후의 던전이 17일 뒤에 시작됩니다."

"……."

과거에도 들었던 적이 있다. 그 당시에는 파트너가 없어서 파트너를 가진 다른 플레이어에게 전해 들었었다.

'모든 사건이 빠르게 진행됐다.'

그러나 생략된 사건은 없었다. 적어도 '커다란 줄기'는 변하지 않았었다.

단 하나, 로자리오의 대저택이 발견되지 않은 것 빼고는.

'최후의 던전.'

엘렌의 말에 집중했다. 지금의 엘렌은 엘렌이 아닌, 이 빌어먹을 시스템의 목소리였지만.

"최후의 던전의 입구는 어디에나 존재합니다. 플레이어는 최후의 던전에 입성할지 입성하지 않을지는 의지로 그 의사를 표현하면 됩니다."

"……."

과거의 내용과 똑같았다. 최후의 던전에 들어가고 말고는 전적으로 플레이어의 선택이다.

"단, 최후의 던전을 클리어하지 못하면 이 세계는 재앙에 휩싸이게 될 것입니다."

동시다발적인 몬스터 웨이브, 현존하는 모든 던전의 레벨 상향 조정 및 던전 브레이크.

"모든 던전의 난이도가 메인 던전급으로 상향 조정되어 브레이크가 진행됩니다."

거기에 더해.

"또한, 몬스터 게이트 427개 동시 오픈됩니다."

신희현의 얼굴이 어두워졌다.

'그렇게 되면⋯⋯.'

이 세상은 멸망이라 해도 과언이 아니겠지.

멀리 갈 것도 없이 말터 같은 놈이 세상 밖으로 튀어나오면 세상은 극도의 혼란에 휩싸이게 될 거다. 현존하는 모든 던전이 말터 같은 놈을 무더기로 내뱉는다는 건 곧 이 세계의 멸망을 의미했다.

이미 알고 있지만 신희현이 물었다.

"우리가 최후의 던전에 도전해야만 하는 이유는?"

"최후의 보상. 'HAN'을 얻기 위해서입니다. 최후의 보상 'HAN'은 최후의 던전을 클리어해야만 주어지는 보상입니다."

"HAN이 뭔데?"

"그것은 말씀드리기 곤란합니다."

역시 과거와 같았다.

결국 과거와 현재의 연결 고리 간에 숨겨져 있는 수수께끼를 풀기 위해서, 또한 시스템의 본질에 대해 파악하기 위해서.

'그게 아니더라도……'

적어도 내 옆에 있는 사람들을 지키기 위해서라도.

'HAN을 얻어야 한다.'

그의 선택은 이미 결정되어 있었다.

다른 플레이어들도 선택을 해야 할 터.

신희현은 강민영의 방을 찾아가서 노크했다. 강민영이 침대에 앉아 있었다.

"오빠……."

"놀랐어?"

"응, 아탄티아 때도 그렇고 최후의 던전이란 게 엄청 중요한 건가 봐."

강민영의 얼굴이 약간 빨개져 있었다. 조금 흥분한 것 같았다. 신나 하는 건지 긴장하고 있는 건지, 뭔가 묘했다.

강민영이 입을 열었다.

"그런데, 오빠."

"응?"

"HAN이라는 거 말이야."

"……."

무슨 말을 할지 감이 온다.

"결국 단 한 명이 얻게 되는 거야?"

"그렇겠지."

강민영은 고개를 끄덕였다.

단 한 명이 HAN을 얻게 된다?

그 말은 곧, 신희현이 그 보상을 얻게 된다는 뜻 아니겠는가.

신희현이 말했다.

"민영아."

"응?"

"나도 HAN이 뭔지는 잘 몰라."

"……."

"그런데 있잖아. 만약에 그 어떤 상황이든 내가 죽고 네가 살 수 있다면, 난 한 치의 망설임도 없이 그 길을 선택할 거야."

옛날에 아탄티아에서 네가 나한테 그랬던 것처럼.

'HAN 자체는 그렇게 중요한 게 아냐.'

최후의 보상이고 뭐고, 그런 것에는 관심 없다.

부귀영화를 누리게 하는 만능 아이템?

필요 없다.

인간들 위에 군림할 수 있는 권력을 주는 도구?

그런 것도 필요 없다.

'내가 HAN을 얻고자 하는 건…….'

그건 결국 내 옆에 사람들과 함께 행복하게 지내기 위해서다.

"그건 나도 그래."

"알아."

신희현은 강민영의 머리를 쓰다듬었다.

'네가 나한테 그럴 거라는 건 내가 너무나 잘 알고 있어.'

침대 위에 앉은 강민영이 신희현의 어깨에 머리를 기댔다.

"아, 좋다. 오빠 냄새 나."

신희현은 코를 킁킁대며 자신의 체취를 맡아보려 했다. 아무 냄새도 안 났다.

"아무 냄새도 안 나는데?"

강민영은 신희현의 가슴팍에 얼굴을 묻고 깊게 숨을 들이마셨다.

"아냐, 냄새 짱 좋아. 오빠 냄새. 이 냄새 맡으면 엄청 마음이 포근해져."

"……."

신희현은 그저 허허 하고 웃으며 강민영의 머리를 쓰다듬기만 했다.

영체화 상태의 엘렌은 뒤돌아 있는 상태였는데 그녀의 날개 끝이 잔뜩 구부러져 있었다.

신희현은 문득, 다시 한번 떠올렸다.

'엘렌의 날개…….'

지금 엘렌의 날개는 6장. 과거, 최후의 던전 당시 엘렌은 날개가 8장. 남은 17일의 시간 동안 성장해서 엘렌의 날개를 8장으로 만들어줄 수 있을까?

'로자리오 대저택과 최후의 던전 사이 커다란 사건

은…….'

생각해 보니.

'있었다……!'

시스템과 관련된 큰 사건이 아니었지만, 사건이 있었다.

플레이어들 간의 전투.

공포정치로 플레이어와 사람들을 통치하던 강유석에게 반기를 들었던 플레이어들이 있었다. 안타깝게도 그 플레이어는 모두 처참하게 죽었다.

시스템상 벌어졌던 일에만 집중했다 보니 그걸 떠올리지 않았었다.

'어쩌면…… 파괴의 신 파빌러스는 PK를 통해 점점 강력해졌던 것일지도 모른다.'

뿐만 아니라 자신의 '성군의 증표'와 마찬가지로 '폭군의 증표' 같은 것이 있다면 공포정치를 일삼을 때마다 '폭군의 증표에 긍정적인 영향을 끼칩니다'와 같은 알림이 있었을지도 모를 일이다.

'나는…….'

폭군의 길을 선택하지 않았다. 비록 엘렌에게 빛기꾼이라 불리고는 있지만 그래도 성웅의 길을 걷고 있다.

'나는 내 방식대로 더 커야 한다.'

강유석과는 완전히 반대되는 길로 말이다.

신희현은 강민영의 머리를 쓰다듬었다. 강민영은 신희현

의 어깨에 머리를 기댄 채 어느새 잠들어 있었다.

　신희현은 그런 강민영을 물끄러미 쳐다보다가 조심스레 안아 침대에 눕혀줬다. 그는 잠든 강민영의 이마에 가볍게 키스했다. 강민영을 바라보는 그의 눈빛에는 사랑이 가득했다.

　몸을 돌리고 있던 엘렌이 말했다.

　"신희현 플레이어, 질문이 있습니다."

　"어, 뭔데?"

　"도대체 왜 제 날개가 이렇게 변하는 겁니까?"

　신희현이 보니 사람들이 성스럽다 말하는 엘렌의 날개가 불에 올린 맥반석 오징어처럼 말려 있었다.

　최용민이 플레이어들을 소집했다.

　고구려 내에 위치하고 있는 대강당.

　아탄티아에 참여했던 플레이어들은 물론이고 전국 각지의 플레이어들이 집결했다. 최후의 던전에 대비하기 위함이었다.

　그리고 거기서 신희현이 예상했던 얘기가 튀어나왔다.

　"어차피 저희가 미친 듯이 발로 뛰고 난리를 쳐도…… 결국 HAN은 빛의 성웅께서 갖게 되는 것 아닙니까?"

　"저희 같은 하급 플레이어는 아무런 도움이 되지 않겠

지요."

　신희현은 저들의 입장을 이해했다.

　파트너들을 통해 알게 된 최후의 보상 HAN. 그런데 그 수량이 얼마인지는 모른다.

　신희현이 알기로 HAN은 단 한 명에게 귀속된다.

　그리고 모두 그렇게 짐작하고 있다. 그렇다면 이곳에 모인 자들 중 가장 강력한 힘을 가진 신희현이 그것을 독점하지 않겠는가 하는 것이 플레이어들의 생각이었다.

　신희현이 강단 앞에 섰다. 마이크를 통해 신희현의 목소리가 퍼졌다.

　"플레이어분들이 아시다시피 저에게는 예지력이 있습니다. 그런데, 최후의 던전만큼은 제 예지력이 통하지 않습니다."

　"……."

　"하지만 딱 한 가지, 확실히 알 수 있는 것이 있습니다. 그것은 레벨 제한룰이 적용된다는 것입니다."

　"……."

　"제 레벨은 500으로 제한될 것이며 따라서 제 능력치 역시 500이라는 뜻입니다. 저 역시 여러분과 완전히 같은 입장입니다."

　엘렌의 날개가 펼쳐졌다. 그녀의 날개가 떨렸다.

　그녀는 신희현이 무슨 생각을 하는지는 모르겠지만 빛기

꾼이 빛—빛이라 쓰고 약이라 읽는다—을 뿌리고 있다는 건
확실해 보였다.

신희현은 주위를 둘러봤다.

'이런 걸 보면…… 강유석의 통치 방법도 장점이 있기는
한데.'

적어도 효율성만 놓고 보면 그랬다.

강유석은 플레이어들을 불러 모으고 나서 모두 참여하라
고 명령했다. 반대 의사를 내보이는 몇몇 플레이어는 그 자
리에서 찢어 죽였다. 그런 상황이다 보니 전원 참석할 수밖
에 없었다. 여기서 죽으나 최후의 던전에서 죽으나 그게 그
거였으니까.

신희현은 플레이어들을 설득했다.

"저는 여러분에게 최후의 던전에 함께하라고 강요할 생각
이 전혀 없습니다. 다만, 저는…….."

이제부터는 나를 잊자. 나는 내가 아니다. 나는 빛의 성웅
이다. 빛의 성군이다. 성군으로서 응당 해야 할 말을 하자.

"저는 이 세상을 사랑합니다."

"……."

"저를 낳아주신 부모님이 이곳에 계시고, 제 목숨보다도
소중한 여자가 제 옆에 있습니다. 제 가족과 친구들이 이곳
에 있습니다. 저는 이 소중한 삶의 터전을 지키기 위하여 제
한 몸을 불태울 생각입니다."

"……."

"지난날 저의 행적을 보시면 제 말이 거짓이 아니라는 것을 알 수 있을 것입니다. 공략의 방을 활성화시켜 여러분에게 공략을 공유했고 큰 피해가 예상되는 던전에는 모두 참여했습니다. 지금 저는 제가 이런 일을 했다고 자랑하려는 것이 아닙니다."

사실상 그거 따지고 보면 다 자신을 위한 일이었다.

공략의 방을 활성화시켜서 떼부자가 됐고 공략을 공유하며 성웅의 증표에 큰 영향을 받았다. 성웅의 증표가 성군의 증표로 업그레이드까지 되지 않았던가.

플레이어들을 빚을 지워놓고 유효적절하게 써먹었으며, 그가 말한 '큰 피해가 예상되는 던전'은 어차피 신희현이 반드시 깨야만 했던 던전이었다.

엘렌의 날개가 부르르 떨렸다.

'어쨌든 거짓말은 없는 겁니다.'

어쨌든 거짓말은 아니었다.

플레이어들도 신희현의 말에 동의하는 분위기였다.

"만약 제가 제 자신만을 위했다면…… 절대로 그렇게 행동하지 않았을 거라는 것을 말하고 싶을 뿐입니다."

그래, 지금의 나는 내가 아니야.

신희현은 스스로를 세뇌했다.

"사람들이 저를 일컬어 바보라고 말합니다. 그 수많은 공략을 혼자서 독차지하면 훨씬 더 큰 이득을 취할 수 있을 거라고 말합니다. 저도 그걸 알고 있습니다. 하지만 저는……
이 세상을 사랑하기에, 내가 사랑하는 사람의 목숨이 소중한 것처럼 다른 사람에게도 소중한 사람이 있다는 것을 알기에, 그렇기에 저는 바보처럼 행동했던 것입니다."

플레이어들이 신희현의 말에 귀를 기울였다. 따지고 보면 신희현의 말에는 틀린 부분이 없었다.

영화 속에서나 볼 법한 '정의감 가득한 슈퍼히어로'쯤 되는 것 같다. 세상에 그런 사람이 한 명쯤은 있을 수도 있고, 그 한 명이 어쩌면 빛의 성웅 아니겠는가.

적어도 이곳에 모인 플레이어들은 그렇게 생각했다.

"저는 바보가 되어도 좋습니다. 제가 HAN을 얻지 못한다 해도 상관없습니다. 저는 그것이 중요한 것이 아니라 제 소중한 사람들이 살아 숨 쉬는 이곳, 이 삶의 터전을 지키는 것이 훨씬 중요합니다."

최후의 던전 클리어에 실패하면 세상은 곧 멸망이나 다름 없다. 그래서 신희현은 HAN이 아니라 '세상의 멸망'에 포인트를 준 거다.

"다시 한번, 여러분에게 요청합니다. 지금 저는 HAN을 얻는 것에 목적이 있는 게 아닙니다. 저에겐 HAN이 아니라, 이 세계를 지키는 것이 중요합니다."

엘렌은 알고 있다. 초창기의 신희현은 HAN을 얻는 것이 목적이라고 했었다. 그런 주제에(?) 너무나 뻔뻔하게 말을 이어갔다. 마치 이 세상을 너무나 사랑해서 이 세상을 지키기 위해 이 한 몸을 불사르겠다는 표정으로 말이다.

"아직 2주의 시간이 있습니다. 플레이어들께서는 부디 아름다운 선택을 해주시길 빕니다. 내 옆의 소중한 사람들을 위해, 가족과 연인과 친구를 위해."

엘렌의 날개가 아주 살짝 구부러져 바르르 떨리고 있을 그 시점, 플레이어들이 박수를 쳤다.

험머가 엘렌의 표정을 발견했다. 언제나 무표정인 엘렌이 분명 웃고 있었다.

'뭐, 뭔가 사악해 보입니다요?'

성스러움 뒤에 사악함이 숨어 있는 것 같은 그런 느낌이랄까.

험머는 고개를 획획 저었다.

'차, 착각일 것입니다요……!'

착하고 아름답고 성스러운 엘렌 누님이 그럴 리 없지 않은가.

험머는 괜스레 자신의 눈을 한 대 때렸다.

신희현이 스스로를 세뇌했던 것처럼 험머도 자신을 세뇌했다.

'엘렌 누님은 언제나 옳으십니다요!'

모두가 그렇게 속았다.

최후의 던전까지 남은 시간은 약 2주.

로자리오 대저택은 여전히 오리무중인 상태.

'그림자 망토를 대신할 수 있는 것은 무엇이 있을까…….'

최후의 던전은 여타 다른 던전과는 달리 '정해진 공략법'이 없었다. 시시각각으로 상황이 변하며 플레이어의 행동 하나 하나에 따라 반응하여 바뀌는 곳이다. 대략적으로 '이렇게 플레이 하면 유리하다' 정도는 있어도, '이렇게 하면 클리어가 가능하다'라는 건 없었다.

그러나 로자리오가 주는 보상인 그림자 망토는 최후의 던전에서 매우 커다란 도움이 되는 물건이었다. 가능하다면 반드시 취해야 할 아이템인데.

'어째서 로자리오 대저택만 나타나지 않는 거지?'

고구려와도 연락을 취해봤는데 나오는 건 아무것도 없었다. 고구려도 로자리오 대저택에 관해서는 아무것도 몰랐다.

'왜 그곳만?'

이유가 뭘까에 대해 계속해서 고민했다. 이유를 알면 타개책이 나오게 마련이니까. 하지만 이유도 알 수 없었다.

'단서가 있다면…… 최성일과 임설희인데.'

그 둘은 히든 던전 고대 호수에서 해독이 불가능한 지도를 얻었다.

딱 거기까지다. 단서가 없었다.

그렇게 3일이 흘러갔다.

3일 뒤, 최성일과 임설희가 신희현의 집을 찾았다.

"긴히 할 얘기가 있습니다."

"무엇입니까?"

설마 또 히든 던전이 있다거나 그런 건 아니겠지.

앞으로 남은 시간은 이제 겨우 10여 일. 그 안에 또 다른 히든 던전에 들어가는 건 무모했다. 그 시간 안에 클리어하고 나올 수 있을지 없을지 알 수 없었으니까.

"지도를 해석할 수 있게 됐습니다."

"어떻게요?"

"말하자면 깁니다만……."

그래서 신희현은 과감히 생략하기로 했다. 이유야 어찌 됐든 해석할 수 있게 됐다면 지금은 그것에 집중하는 게 맞으니까.

"본론부터 듣겠습니다."

"본론부터 얘기하자면 저희는 이 지도를 일부 해석할 수 있고 또 일부는 해석할 수 없습니다."

"무슨 뜻이죠?"

임설희가 말을 이었다.

"지도는 앞면과 뒷면으로 이루어져 있어요. 앞면은 해석할 수 있는데, 뒷면은 해석할 수가 없어요. 해석할 수 있는 부분들에 대하여 말씀을 드리자면……."

임설희가 지도 안에 표시되어 있는, 신희현은 읽을 수 없는 글자를 읽었다.

"왼편의 죽은 자작나무."

거기서 감을 잡았다.

신희현이 말했다.

"오른쪽의 나무 십자가?"

"……."

임설희와 최성일, 둘 다 순간적으로 입을 다물었다.

'뭐지?'

아주 잠깐이지만 소름이 돋았다. 마치 빛의 성웅이 자신의 머릿속을 훤히 들여다보고 있는 것 같은 기분이 들었기 때문이다.

이들의 반응을 확인한 신희현은 확신이 들었다. 그가 말을 이었다.

"그에 이어지는 또 다른 단서는."

"……."

"세 가지 색깔의 까마귀입니까?"

"……."

임설희는 멍하니 신희현을 쳐다보다가 이내 고개를 저었다.

"거의 맞았지만 틀렸어요."

"……."

신희현은 저번 생애뿐만 아니라 이번 생에도 이와 같은 것을 이미 보았다.

고대 호수에 봤다. 중간 통로를 통해 들어간 '로자리오 대저택', 왼편의 죽은 자작나무, 오른쪽의 나무 십자가, 그리고 세 가지 색깔의 까마귀.

로자리오 대저택임을 알려주는 풍경이었는데, 신희현에게나 특별한 것이었지 다른 플레이어들에게는 그저 던전의 풍경 중 하나였을 뿐이다.

탁민호와 임찬영 정도 되는 길잡이라면 몰라도 최성일과 임설희 같은 도적은 그때의 풍경을 기억하지 못했다. 그래서 이토록 놀라고 있는 것이고.

신희현은 아주 잠깐 인상을 살짝 찡그렸다.

'틀렸을 리 없는데.'

눈으로 확인까지 하지 않았던가.

이번에는 최성일이 말했다.

"네 가지 색깔의 까마귀라 합니다."

그때, '똑똑' 하고 노크 소리가 들려왔다. 누군가 했더니 신희아였다.

"오빠, 얘기 중에 미안한데…… 내 생각에는 이분도 얘기에 껴야 할 것 같아서."

신희아의 등 뒤에 누군가가 모습을 드러냈다.

"오셨습니까?"

커다란 키, 보기 좋은 근육질, 송아지 같은 눈망울. 길잡이 임찬영이었다.

"어…… 저는 그게……."

그는 뒤통수를 긁적거리다가 말했다.

"그사이에 던전 하나를 클리어했는데요."

"……."

이 짧은 시간에?

의문을 표하기도 전에 그가 말을 이었다.

"초대장이라는 걸 받아서요."

"초대장…… 말입니까?"

"네, 그런데 아무래도 이게…… 신희현 씨가 굉장히 중요하게 생각하는 거란 생각이 들어서…… 일단 와봤습니다."

최후의 던전 오픈까지 남은 시간은 이제 10일가량.

그런데 임설희와 최성일이 반만 해석이 가능한 지도를 가지고 왔다. 이것은 로자리오 대저택을 가리키고 있는 것 같았다. 자신이 기억하는 과거와는 아주 약간 다른 내용이었지만.

'그렇다면 찬영이 형이 가져온 단서는…….'

초대장이라고 했다.

"로자리오에게서 온 초대장입니까?"

임찬영이 고개를 끄덕였다.

"네, 맞아요."

"그리고 그것을 얻자마자 제게 달려온 이유가 있겠지요."

현재 임찬영의 상태를 보면 알 수 있다. 지금 막 던전 클리어를 마친 것 같은 모양새. 굉장히 지저분했다. 차림새만 봐도 급해 보였다. 이유가 분명 있을 터.

"조건이 조금 있어서요."

임찬영이 일단 초대장을 읽었다.

'위대한 뱀파이어의 제왕, 로자리오가······'로 시작하는 초대장은 절반 이상이 '로자리오는 위대하며 너희는 로자리오를 칭송할지어다'와 같은 쓸데없는 말이었다.

임찬영이 중요한 말을 이었다.

"군주의 자격을 가진 자."

그리고.

"새로운 길을 찾을 수 있는 자."

마지막으로.

"이 초대장을 가진 자."

이 세 가지 자격을 갖춘 자들은 자신의 왕성, '로자리오 대저택'에 올 자격이 충분하다는 내용이었다.

"초대장을 찢으면······ 던전이 활성화되는 것 같습니다."

시간이 얼마 없었다.

"남은 시간은 이제 3분 정도밖에 되지 않습니다."

그래서 임찬영이 이렇게 헐레벌떡 뛰어온 것이었다.

로자리오의 초대장은 '이 위대하신 내가 너희를 초대하였으니 너희는 시간을 철저히 지켜야 할 것이다'라는 일종의 협박성 편지였다. 자신의 부름에 제대로 응답하지 않을 경우, 목숨을 부지하기 어려울 것이라는 친절한 내용까지 적혀 있었다. 이쯤 되면 이게 초대장인지 협박 편지인지 알 길 없지만, 하여튼 내용은 그랬다.

"군주의 자격은 제가 갖고 있습니다. 임찬영 씨가 초대장을 가졌고…… 최성일 씨와 임설희 씨가 가진 지도. 그게 새로운 길을 찾을 수 있도록 도와주겠지요."

단서는 '네 가지 색깔의 까마귀'다.

'원래 내가 알고 있던 색깔은…… 파란색, 노란색, 검은색이다.'

그렇다면.

'또 다른 네 번째 색깔. 놈을 찾아야 해.'

이제야 얘기가 이어졌다.

고대 호수에 어째서 중간 통로가 있었는지, 그 중간 통로를 통해 어째서 로자리오의 대저택을 보여줬는지.

그때의 기억을 토대로 하여 새로운 길을 개척하는 것. 그것이 로자리오 대저택으로 이어지는 커다란 줄기였던 것이다.

임찬영이 송아지 같은 눈망울을 끔뻑거리면서 물었다.

"어떡…… 하시겠습니까?"

"이 초대장대로라면 임찬영 씨가 위험할 수도 있겠습니다."

"……."

임찬영은 울상을 지었다. 톡 건드리면 울 것 같았다.

"저는 동료의 어려움을 외면할 수 없어요."

이렇게 단서들도 주어졌는데, 심지어 초대장이 주어졌는데.

'그리고 이미 400명분의 피는 구비해 놨지.'

게다가 공략법까지 알고 있는데, 마다할 이유는 없었다.

정체를 알 수 없는 히든 던전이라면 모를까 로자리오 대저택은 공략할 가치가 있었다.

"단, 우리는 최대한 빨리 움직여야 할 것입니다. 최후의 던전이 10일밖에 남지 않았으니까."

임찬영이 초대장을 찢었다.

[군주의 자격을 확인합니다.]

[로자리오의 초대장을 확인합니다.]

[인원수를 제한합니다.]

인원수가 네 명으로 제한됐다. 마치, 이 네 명을 기다리고 있었기라도 한 듯 말이다.

문제는.

[모든 스킬 사용이 금지됩니다.]

모든 스킬 사용이 금지되었으며.

[모든 무기 사용이 금지됩니다.]

모든 무기 사용도 금지됐다.

신희현도 적잖이 당황했다.

'스킬 사용 금지에 무기 사용 금지?'

전에 로자리오 대저택에 들어왔을 때에는 이런 알림이 없었다.

플레이어들에게서 아이템과 스킬을 빼앗는다?

그럼 뭐가 남느냐 말이다.

'젠장.'

그래도 겉으로는 동요하지 않았다. 그는 지금 플레이어들을 이끌어야 하는 입장이니까.

"싸워서 쟁취하는 형태는 아닙니다."

"……."

다들 입을 다물었다. 가지고 있던 힘이 사라진 셈이니 긴장할 수밖에 없었다.

신희현이 먼저 걸음을 옮겼다.

'최후의 던전에서조차 보지 못했던 종류의 제약이야.'

레벨 제한도 아니고 무기와 스킬 제약이라니.

'로자리오 대저택이 뭔가 중요한 역할을 할 확률이 커.'

로자리오의 오랜 친우였다던 그 '프랑크'에 대해서도 알아 볼 필요가 있었다. 그 역시 신희현 자신이 가진 칭호와 비슷한 칭호를 가지고 있었던 모양이니까.

임설희가 몸을 부르르 떨었다.

"음산하네요. 분위기가."

안개 낀 숲길.

나무는 타버린 건지 원래 색깔이 저런 건지 시꺼멓게 그을려 있었고, 이따금씩 까악! 까악! 하고 까마귀가 특유의 울음소리를 내며 푸드득! 날아올랐다. 그때마다 시꺼먼 이파리가 떨어져 내렸다. 바람은 습기를 가득 머금고 있어서 축축했다.

"여기가…… 기준점입니다."

이미 한 번 공략했었던 곳이다. 최근에 한 번 들리기도 했고. 그렇기에 길을 찾는 것은 어렵지 않았다.

기준점을 찾았다. 바로 중간 통로와 이어져 있던 이곳.

그제야 최성일이 고개를 끄덕였다.

"아, 여기 왔던 곳이군요."

왼편의 죽은 자작나무, 오른쪽의 나무 십자가. 이미 왔던 곳이다.

임설희가 말했다.

"이제 남은 단서는…… 네 가지 색깔의 까마귀…… 맞죠?"

"맞습니다."

네 가지 색깔의 까마귀.

'어떤 색깔이냐?'

그때, 푸드덕! 소리가 들려왔다. 여태까지와는 많이 달랐다. 소리가 굉장히 컸다. 마치 폭풍이라도 들려오는 것 같았다.

신희현은 청각에 집중했다.

'새들이…… 날아오고 있다.'

그건 확실했다.

'파란색.'

파란색 새들이 날아다녔다. 울음소리에도 집중했다.

까악! 까악! 까악!

세 번 울었다. 놈들은 신희현 일행의 주위를 빙글빙글 돌며 날다가 어디론가 떠나 버렸다.

'노란색.'

노란색 새들도 마찬가지였다. 그것들은 신희현 일행의 주위를 빙글빙글 돌았다. 개중 몇 마리는 신희현의 옷을 물고 잡아당기기도 했다. 마치 이 길로 오라고 얘기하는 것처럼 말이다.

'검은색.'

그리고 검은색 새들이 날아왔다.

까악! 까악! 까악!

세 번 울었다. 또 신희현의 옷을 물고 잡아당겼다.

신희현은 움직이지 않았다.

임찬영은 신희현이 왜 저러는지 알았다.

'그때 왔을 때에⋯⋯.'

그때 임찬영은 봤었다. 파란색과 노란색, 검은색 까마귀들을 말이다.

단서는 또 다른 색깔의 까마귀일 터.

'붉은색이다⋯⋯!'

그렇다면 저 새가 단서인가.

붉은색 새들이 몰려들었다.

이쯤 되니 최성일과 임설희도 대충은 알아차렸다.

"붉은색 까마귀입니다."

"저번에⋯⋯ 잠깐 들렀을 때 기억이나요. 붉은색 까마귀는 없었어요."

단서가 맞아떨어지고 있었다.

최성일이 말했다.

"이놈들이⋯⋯ 새로운 길을 안내하는 것입니까?"

뭐랄까, 일이 제대로 풀려가고 있는 기분이랄까?

최성일은 괜스레 몸에 힘이 들어갔다. 제대로 된 걸 기억한 것 같은 기분이 들었으니까.

그런데 신희현이 말했다.

"아뇨, 움직이지 말아요."

"⋯⋯네?"

이상하게도 신희현은 움직이지 않았다.

최성일은 한 발자국 떨어진 뒤 제자리를 지켰다. 빛의 성웅이 그러라니까 따르기는 하는데 이해는 할 수 없었다.

'어째서……?'

10장
상대를 가리지 않는 빛기꾼

신희현은 움직이지 않았다.

'붉은색.'

붉은색 새.

지도가 말하는 '네 번째' 색깔인 것은 틀림없었다.

'하지만 울음소리가…….'

까마귀가 아니었다.

애초에 이 몬스터들은 '검은색이기 때문에' 까마귀가 아니다. '까마귀와 울음소리가 매우 흡사하기 때문에' 까마귀라고 부른다.

그런데 지금 나타난 붉은색 새들은 다른 색의 새들과는 다르게 울었다.

"울음소리가…… 까마귀가 아닙니다."

최성일은 고개를 갸웃했다.

'응?'

빛의 성웅이 그렇다니까 그런가 보다 하긴 하는데.

'뭐가 달라?'

그가 듣기에는 울음소리가 똑같았다.

도대체 뭐가 다르냔 말이다. 저놈들도 분명 까악-! 까악-! 하고 울었다.

글자로는 뭐가 다른지 표현할 수 없었다. 그런데 빛의 성웅이 듣기에는 저 소리가 다르게 들리는 모양이었다.

임찬영도 뭔가를 깨달은 듯했다.

"주의를 기울여서 들으니…… 확실히 다르군요."

이래서 빛의 성웅, 빛의 성웅 하나 싶다.

임찬영쯤 되는 길잡이조차도 정말로 신경을 쓰지 않으면 알아차리지 못할 만큼의 미묘한 차이였다. 앞선 세 종류의 새의 울음소리를 정확하게 기억하지 않았다면 이 차이를 알아차리지 못했을 터.

신희현이 말을 이었다.

"이곳은 전투를 위한 던전이 아닙니다."

전투적인 요소는 애초에 배제되어 있는 곳. 그렇다면 비전투 요소에 신경을 써야 한다는 거다.

지금 신희현은 최후의 던전에 함께 들어갈 임찬영에게 나름의 가르침을 주고 있는 셈이다.

"비전투 요소를 모두 고려해야 합니다. 하다못해 옆에서 들리는 바람소리 하나까지도 전부. 기억해야 합니다."

"……알겠습니다."

임찬영은 고개를 끄덕였다.

그는 탁민호와 달리 신희현과 함께 던전을 클리어한 경험이 적다. 그는 요즘 신세계를 맛보는 중이었다.

'이래서 다들 빛의 성웅, 빛의 성웅 하는 건가.'

그때, 까악! 까악! 하는 소리가 들려왔다. 색깔은 마찬가지로 붉은색.

신희현이 씨익 웃었다.

'저놈들이다.'

저놈들이 제대로 된 안내를 하는 놈들일 터.

신희현이 걸음을 옮겼다.

"놈들을 따라갑니다."

까마귀들은 빠르게 날지 않았다. 안내를 하듯 아주 낮은 위치에서 천천히 날았다. 덕분에 놈들을 따라가는 건 그리 어렵지 않았다.

신희현은 걸어가면서 주위를 샅샅이 살폈다.

'그 어떤 단서가 숨겨져 있을지 모른다.'

순수한 의미의 '초대장'이었다면 이런 식의 안내도 없었을 거다. 다이렉트로 로자리오에게 인도가 되었을 것이다.

지금 로자리오는 자신들의 자질을 평가하고 있는 거다. 초대장을 받아도 되는 자격을 갖추고 있는지 말이다.

신희현은 이 길을 알고 있었다.

'여기를 지날 때…… 흡혈 모기들이 공격했었지.'

모기 주제에 크기가 3미터에 육박하는 거대한 놈들이었다.

놈들은 마취 작용을 하는 독액을 체내에 가지고 있었고 놈들에게 물리면 마취가 되어 움직일 수 없게 되었다. 그사이 놈들은 플레이어들의 피를 빨아먹었고.

놈들의 마취 능력과 흡혈 능력은 상대하기가 상당히 까다로웠다. 게다가 숫자도 굉장히 많았었다.

신희현의 눈이 빛났다.

'이 붉은 까마귀들은 흡혈 모기의 천적이다.'

간간히 모기가 보이기는 했다. 그런데 붉은 까마귀가 엄청난 속도로 날아가 모기가 반항하기도 전에 모기를 먹어치웠다.

임설희는 몸을 부르르 떨었다.

"얘들이 우릴 공격하지 않는 것에 감사해야겠네요."

"……."

그 말이 맞았다.

붉은색 까마귀들과 모기들이 합세해서 자신들을 공격한다면?

능력을 봉인당한 상태의 플레이어들은 아마 제대로 반항

한 번 하지 못했을 거다.

임찬영이 쉿 하고 손가락을 입에 댔다. 조용히 하라는 뜻이다.

"저도 파악하고는 있으나…… 신희현 씨는 현재 이곳의 모든 정보를 받아들이고 있는 중입니다. 최대한 방해하지 않는 것이 좋겠습니다. 길잡이에게는 지금 이 걷고 있는 순간순간이 클리어의 순간이니까요."

"……."

최성일과 임설희는 고개를 끄덕였다.

뭐랄까, 길잡이의 세계는 생각했던 것보다 훨씬 더 치열한 것 같았다.

임찬영의 말이 맞았다. 신희현은 주변의 정보를 끊임없이 스캔했다. 나무의 위치, 풍향, 주변의 소리, 걷고 있는 땅의 질감. 그 모든 것을 차곡차곡 머릿속에 쌓았다.

'까마귀 떼의 보호라.'

보호를 받으며 이 길을 지나면 '스텍트 강'에 이르게 된다. 스텍트 강은 로자리오의 대저택으로 향하는 유일한 길이다.

'스텍트 강의 해골 사공.'

스텍트 강에는 해골 사공이 있다. 예전에는 플레이어 수십 명이 둘러싸고 레이드를 진행했었다.

놈은 재생력이 어마어마했다. 불리하다 싶으면 배를 타고 달아나서 체력을 완전히 회복하고 돌아오곤 했다. 놈을 잡는

데에만 3일이 넘게 소요되었다.

'놈을 잡으면 배가 주어지지.'

그 배는 자동으로 로자리오의 저택까지 이동하는 기능이 있었다.

붉은 까마귀 떼가 갑자기 하늘로 날아올랐다. 그러더니 어느샌가 사라져 버렸다.

목소리가 들려왔다.

"너희는 누구냐?"

꺅! 하고 임설희는 비명을 질렀다. 저도 모르게 나온 비명이었다.

해골이었다. 해골이 시꺼먼 눈구멍에서 빨간 불빛을 쏘아내며 이쪽을 향해 걸어왔다.

달그락! 달그락!

뼈와 뼈가 부딪치는 소리도 들려왔다. 그 해골은 오른손에 뼈로 만들어진 노를 하나 들고 있었다.

신희현이 앞으로 나섰다.

'우리는 현재 로자리오의 협박성 다분한 편지를 받고 초대 아닌 초대를 받은 상태다.'

아주 협박은 아닌 모양이었다. 어쨌거나 이곳을 클리어하는 단서들을 제공해 주고 있지 않은가.

'지금 싸우는 건 불가능해.'

다른 방법으로 이곳을 지나쳐야 했다.

'놈은······.'

로자리오의 충실한 종이라고 했다. 스스로를 로자리오의 충신이라고 표현하던 놈이었다.

"나의 주군께 도달하려면 그에 걸맞은 자격을 갖추어라, 이 버러지들아!"

이렇게 외치며 죽었던 놈이다.

그렇다면.

"나는 아탄티아의 군주다. 네 군주인 로자리오의 초청을 받았다."

군주 대 군주로 얘기하는 것이 편할 거다. 이 충신에게는 그러한 방법이 먹힐 거라고 생각했다.

해골 사공은 고개를 갸웃했다.

"······응?"

달그락-! 하고 뼈가 움직이다가 턱! 소리와 함께 머리뼈가 땅으로 떨어졌다.

해골 사공은 이러한 상황이 매우 익숙한 듯했다. 그리고 이 상황은 신희현 역시 익숙했다.

"그대는 몸이 조금 불편한 모양이군."

그가 먼저 몸을 굽혀 그의 머리통을 주웠다. 그리고 어깨 위에 머리를 꽂아주었다.

해골 사공은 아무런 말도 하지 않았다.

"…….."

신희현을 물끄러미 쳐다보기만 했다. 그렇게 어색한 시간이 흐르고 나서야 해골 사공이 입을 열었다.

"군주…… 라고 하시지 않았습니까?"

"그렇다. 나는 아탄티아의 군주이며 성군의 증표를 가진 자다."

"그런데 어찌…….."

"그대는 내가 친애하는 로자리오의 충신이다. 충신의 머리를 주워 주는 것이 뭐가 그리 대수란 말인가?"

최성일과 임설희는 아무런 말도 하지 않았다. 사실은 할 말을 잊어버렸다. 가끔 저런 거 보긴 보는 것 같은데 아무리 봐도 도저히 적응이 안 됐다. 저 근엄 넘치는 것 같다고 주장하는 말투는 무엇이란 말인가. 마치 사극 연기를 하는 것 같았다.

엘렌의 날개가 바르르 떨렸다.

'일취월장하셨습니다, 신희현 플레이어.'

그녀의 입가에 아주 가느다란 미소가 새겨졌다. 수련 사제 앞에서 처음 신희현이 근엄한 척할 때, 그의 연기는 얼마나 어색하기 짝이 없었던가.

그런데 이 짓(?)도 많이 하면 는다고.

'아주 자연스러워지셨습니다.'

엘렌은 뭔가 자랑스러운 느낌을 받았다. 그녀의 날개가 쉴 새 없이 떨렸다.

한편, 가련한 해골 사공⑺ 의 태도를 본 신희현은 확신했다.

'걸려들고 있다⋯⋯!'

신희현이 근엄한 척 말을 이었다.

"로자리오의 충신이여, 나를 로자리오에게 안내해 줄 수 있겠는가? 내 그대의 충정을 로자리오에게 전해주겠다."

그러면서 손을 해골 사공에게 건넸다. 해골 사공은 그 손을 맞잡고 무릎을 꿇었다.

"⋯⋯알겠습니다. 아탄티아의 군주시여, 제가 당신을 안내하겠습니다."

"이곳이 스텍트 강인가?"

"그렇습니다, 군주시여."

임찬영은 황당했다.

'저게⋯⋯ 빛의 성웅이 이곳을 클리어하는 방법?'

뭐랄까.

'조금⋯⋯.'

사기에 가까운 것 같은 느낌이 드는데?

왠지 저 해골 사공이 좀 안쓰러워 보이는 것 같은 이상한 기분에 사로잡혔다.

'아니겠지.'

저건 사기가 아니라 정당한 공략 아니겠는가.

그래, 빛의 성웅이 사기를 칠 리 없지.

그때, 신희현이 말했다.

"그대의 이름이 무엇인가?"

"제 이름은 루돌프. 로자리오 님의 충신이옵니다."

그에게 제안을 하나 했다.

"루돌프, 내가 제안을 하겠다."

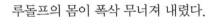

루돌프의 몸이 폭삭 무너져 내렸다.

"음머머…… 음머머…… 음머머……."

루돌프의 부서진 몸이 바들바들 떨렸다. 몸이 부서져 내렸
는데 말은 잘했다.

"이럴 수가……! 이렇게 거대하고 멋진 배는 처음 영접하
옵니다."

어디서 나오는 건지 모르겠는데 해골 사공의 몸에서 물이
뿜어져 나왔다.

설마 저거, 오줌은 아니겠지.

임설희는 그 물 근처로 가까이 가지 않았다.

지금 해골 사공은 '아탄티아호'를 보고 놀랐다.

'스텍트 강에서도 플레이어 몇이 희생당했었으니까.'

안내를 받고 있다고 해서 무조건 안전한 건 아니었다.

스텍트 강 아래에는 육식 피라냐가 살고 있다. 놈들은 물 밖으로 높이 뛰어올라 플레이어들을 공격했었다. 중심을 잃고 물에 빠진 플레이어는 그 즉시 물고기 밥이 되었고 말이다.

루돌프가 안내를 해준다면 '아호'를 타고 가는 것이 훨씬 좋지 않겠는가.

이곳에 처음 들어올 때 들었던 알림은 '무기 사용이 금지된다'라는 것이었다. 신희현의 '아탄티아호'는 무기가 아니다. 따라서 사용이 가능했다.

아주 사소한 문제가 있기는 했다.

"군주시여, 이 볼썽사나운 것은 무엇입니까?"

캡틴은 해골 사공을 썩 탐탁지 않게 생각하는 것 같았다.

"거, 거기가 아니라 왼쪽! 왼쪽이라고! 3도! 3도! 3도 말이야! 노 없이 항해하니까 이런 불상사가 생기는 거다!"

"이 멍청한 해골 놈아. 내 배는 네놈 배보다 훨씬 크기 때문에 이렇게 운항하는 것이 맞는 거다."

"그게 아니다! 기본은 변하지 않는 법! 스텍트 강은 내가 나고 자란 곳! 네놈보다 훨씬 잘 안다!"

"나는 네놈보다 훨씬 더 많은 항해를 거친 특급 항해사다! 네놈의 이 작은 앞마당은 내 눈에 훤히 다 보인다!"

두 항해사(?)가 옥신각신 다퉜다.

임찬영이 조심스레 물었다.

"저렇게 놔둬도 되는 겁니까?"

"……예……뭐."

어쨌든 큰 싸움은 하지 않겠지.

두 사람(?)의 논리에 따르면 배에서는 피를 보면 안 된다나 뭐라나. 하여튼 둘은 싸우기는 했으나 유혈사태가 일어나지는 않았다.

'결국 아무런 피해도 없이…….'

저택이 보이기 시작했다. 뼈로 만들어진 입구가 입을 벌렸다.

스텍트 강을 통해 들어갈 수 있는 저택. 저곳이 로자리오가 살고 있는 곳이다.

신희현은 400명분의 피를 다시 한번 확인했다.

'오케이.'

과거의 순서를 짚어봤다.

자작, 남작, 공작, 그리고 로자리오. 이 순서로 놈들이 나타났었지.

그때도 피해가 많이 발생했었다.

육지에 올라섰다.

"이동하겠습니다."

그러려고 했는데, 목소리가 들려왔다. 누군가가 갑자기 모습을 드러냈다.

"여러분을 환영합니다."

그와 동시에 신희현의 몸이 바짝 굳었다. 저 목소리, 알고 있는 목소리였다.

그걸 발견한 임찬영도 몸이 굳었다.

'빛의 성웅이…… 긴장했다. 도대체 누구기에?'

신희현은 저 얼굴을 알고 있다.

뱀파이어라는 종족의 특성인지는 몰라도 고위급 뱀파이어는 굉장한 미남자가 대부분이다.

여자는 본 적이 없다. 자세히는 모르겠지만 어쩌면 중성일지도 모른다고 신희현은 그렇게 예상하고 있는 중이다.

어쨌거나 눈앞에 나타난, 은발을 길게 흐트러뜨린 저 남자의 이름은.

"레프디입니다."

레프디다. 신희현은 이미 그를 알고 있었고.

"반갑습니다, 레프디 공작."

레프디 공작이 흠칫 놀랐다. 그러고서 허리를 공손히 숙였다.

"……알고 계셨군요."

그렇다. 알고 있을 수밖에 없다. 로자리오에게 도달하기 전, 플레이어들에게 가장 커다란 피해를 입혔던 놈이 바로 저 레프디 공작이니까.

육체 능력도 매우 뛰어난 데다가 재생 능력 역시 어마어마해서 상대하기가 매우 까다로웠다.

엄청난 속도와 힘. 그 두 가지를 전부 가진 육체파인데.

'마지막엔 자폭 공격까지 감행했지.'

자폭 공격으로 플레이어 20여 명을 순식간에 저승길 동무로 삼았다. 그랬다 보니 레프디 공작은 정확하게 기억할 수밖에 없었다.

'약점은 있다.'

레프디 공작은 뱀파이어의 날개를 펼치지 않는다. 그건 그가 날개를 가지고 있지 않기 때문이었다.

'어깻죽지 부근.'

그 부근이 레프디 공작의 약점이다. 그곳이 훤히 뚫려 있다. 원래 날개가 돋아나 있을 자리인데 특수한 병을 앓고 있다나 뭐라나.

'일단 지금 싸울 분위기는 아니고.'

싸운다고 해서 이길 수 있다는 보장도 없다. 현재 그는 소환사로서의 힘을 전혀 사용할 수 없으니까.

약점을 파악하는 건 정말 최악의 상황에 조금이라도 유연하게 대처하기 위해서다.

"물론입니다."

자신은 이곳에 군주로서 초대를 받은 것 같다고 신희현이 생각했다. 초대장에 적혀 있던 자격이 바로 '군주'였으니까. 초대치고는 조금 불편한 초대긴 하지만.

"저는 군주입니다. 군주란 무릇, 인재를 살펴야 하는 법이

지요."

최성일과 임설희는 아주 잠깐 눈을 감았다. 이런 상황, 익숙해지지 않지만 익숙해져야 했다. 임찬영도 입을 다물었다.

어쨌든 레프디는 제법 감격한 것 같았다. 군주의 초대를 받은 다른 군주가 자신을 알아봐 주며 '인재'라고 표현하고 있으니.

그가 말했다.

"제가 안내하겠습니다. 왕께서 기다리십니다."

어두운 복도를 따라 걸었다. 걸음을 옮길 때마다 벽 양쪽의 횃불이 저절로 켜졌다. 이따금씩 박쥐들도 날아다녔으나 신희현 일행을 공격하지는 않았다.

'놈들도 뱀파이어지.'

밖에서 봤던 놈들과는 다른 놈들이다.

이곳은 로자리오의 대저택. 최소 자작 이상의 귀족급 뱀파이어들만 존재하는 뱀파이어 던전의 최고봉이다. 고위급 뱀파이어는 평소 이동할 때에는 박쥐의 형태로 이동했다.

신희현이 임찬영에게 눈치를 줬다.

'길을 최대한 파악해 놓으세요.'

말로 표현한 건 아니지만 임찬영은 고개를 끄덕였다. 신희현의 표정을 제대로 읽어냈다. 만에 하나 자력으로 돌아와야 하는 경우가 있을 수도 있으니까.

복도의 구조를 머릿속에 그렸다. 그렇게 걸음을 옮겼을 때, 알림이 들려왔다.

[피의 길을 통과하였습니다.]

이 길을 아무런 피해도 없이 들어왔다.
이 길 끝에는 이곳의 보스 몬스터 룸, 로자리오의 방이 있다.

[로자리오의 방에 도착하였습니다.]

감회가 새로웠다.
'능력도 사용할 수 없는데, 아무 피해도 없이 들어왔다.'
과거에는, 어디서부터 잘못되었던 것일까?
'과거에도 분명. 내가 아닌 누군가가 히든 던전을 클리어했다.'
누군가가 분명히 그랬었다. 시기의 차이가 있었고 방법의 차이가 있었을 뿐.
세상에는 알려지지 않았었지만 말이다.
'민호 형이 상생의 길과 군주의 길 중…… 군주의 길을 선택했었고.'

어쩌면 단추는 거기서부터 잘못 끼워졌던 것은 아닐까?

메인 던전 아탄티아에서도 피해가 크지 않았다.

따지고 보면 신희현이 과거로 돌아온 시점부터 신희현 기준에서 '엄청난 피해'는 발생하지 않았다. 신희현이 적재적소에 적절한 아이템과 인력을 투입하여 피해를 막아냈기 때문이다.

그런데 여기서 짚고 넘어가야 할 것은 '적절한 아이템과 인력을 투입'했다는 것이다. 그것은 곧 '공략'을 의미한다.

'내 공략대로 클리어를 해왔어.'

과거의 경험, 그것을 토대로 한 공략.

그런데 어느 시점부터.

'그 공략이 틀어졌다.'

그 시점이 언제부터일까에 관해 생각해 봤다.

평화의 섬부터? 혹은 아탄티아?

'완전히 달라진 건······.'

바로 여기, 로자리오 대저택이었다. 원래 발견되었어야 할 곳에서 발견되지 않았고, 전혀 새로운 공략과 방법으로 접근하고 있다.

끼이익-!

문이 열렸다. 왕의 방이라고 하지만 별거 없었다. 횃불이 켜져 있기는 했지만 어두컴컴했고 저만치 위, 거대한 짐승의 것이라 짐작되는 뼈로 만들어진 옥좌가 있었다. 방 한구석에는 관이 하나 있었고.

뱀파이어의 제왕, 로자리오의 목소리가 들려왔다.

"인간의 군주여."

신희현은 씨익 웃었다.

오케이, 말투 접수했다.

현대인들은 전혀 사용하지 않는 말투지만 이런 것쯤은 이제 익숙했다.

"뱀파이어의 군주여, 그대의 초청을 받아 이곳에 도착했다."

"오는 길에 불편한 것은 없었나?"

"편하지는 않더군. 나를 초청한 것인지 시험한 것인지 헷갈릴 정도였다."

지금은 몬스터 대 플레이어가 아닌, 군주 대 군주의 자리다.

신희현이 말을 이었다.

"게다가 그대는 내게 초청장을 보내지도 않았지. 이건 나를 군주로 대하는 것인가, 아니면 나를 무시하는 것인가?"

"……."

로자리오와 여기서 싸우면 무조건 죽는다.

하지만 여긴 지금 싸우라고 있는 곳이 아니다. 다른 방법으로 접근해야 했다. 그리고 신희현은 이 방법이 맞다고 확신하고 있었다.

지금 로자리오는 몬스터가 아닌 NPC의 개념에 가까웠고, 그 NPC를 대하는 법을 신희현은 아주 잘 알고 있으니까.

'로자리오는 군주의 위치에 있기는 있으나……'

힘은 센데 머리는 나쁜, 전형적인 바보 왕이다. 적어도 신희현은 그렇게 정의를 내렸다.

"설사 내 힘이 그대보다 약하다 하여 나를 멸시하고 조롱하는 것인가?"

신희현은 이미 알고 있었다. 고위급 귀족 뱀파이어의 특성에 대해서.

"강자가 약자를 핍박하는 것. 그것이 뱀파이어의 율법인가?"

"……"

최성일과 임설희는 불안해졌다.

'저러다가…… 저 뱀파이어가 또 발작하면 어쩌려고…….'

블러드 볼, 그것에 얻어맞으면 신희현이라고 해도 버티기 힘들 거란 생각이다.

솔직히 말해 조금 두려웠다. 신희현이 왜 자꾸 저 뱀파이어를 자극하는 건지 모르겠다. 저렇게 자극했다가 역효과라도 나면 어쩌려고.

'제발…….'

신희현이 말했다.

"그대의 율법이란 정녕 그렇게 치졸한 것이던가? 무릇 왕은 왕을 대할 때에 예의가 있어야 하는 법이며 강자는 강자에게 강하고, 약자에게는 너그러워하는 것. 그것이 뱀파이어의 율법 아니었던가?"

"⋯⋯."

뱀파이어의 제왕. 로자리오의 얼굴이 붉어졌다. 창백하기만 했던 얼굴이 붉어지자 제법 사람 같았다.

임찬영이 저도 모르게 몸에 힘을 줬다.

'공격하면⋯⋯.'

어떻게 방어해야 할까? 아니, 내가 방어를 할 수나 있을까? 여기서 죽는 건 아닐까?

온갖 생각이 머릿속을 헤집었다.

로자리오가 자리에서 일어섰다.

신희현도 속으로는 긴장했다. 하지만 겉으로는 전혀 티를 내지 않았다.

로자리오가 신희현에게 가까이 걸어갔다.

저벅– 저벅–

조용한 방, 로자리오의 발소리가 상당히 크게 들려왔다.

로자리오가 신희현 앞에 섰다. 로자리오는 신희현보다도 약 20㎝ 정도 컸다.

로자리오가 손을 천천히 들어 올렸다.

임찬영은 지금 당장에라도 달려가고 싶은 충동을 억눌렀다.

'위험⋯⋯!'

저 손은 살상무기다.

'……하지 않다?'

로자리오가 손을 내밀었다.

신희현도 그제야 긴장을 조금 풀었다.

'이렇게 가는 게 맞는 거네.'

군주의 자격을 시험받고 있다. 전부터 말이다. 아마도 이 시스템이라는 것이 군주라는 것을 굉장히 좋아하는 모양이었다. 그리고 신희현은 그에 걸맞게 행동했던 거고.

그의 작전은 보기 좋게 들어맞았다.

"사과하겠다. 내가 경솔했다. 내 직접 그대에게 초대장을 보냈어야 했는데…….."

최성일과 임설희가 눈을 크게 떴다.

'사과했다?'

뱀파이어의 사고방식을 이해할 수 없었다. 보통 저렇게 항의하고 따지고 들면 눈살을 찌푸리는 게 정상 아닌가?

최성일은 남몰래 한숨을 내쉬었다.

'어쨌든 다행이다.'

그렇게 빛의 성웅, 그러니까 아탄티아의 군주 신희현과 뱀파이어의 제왕 로자리오의 대화가 이어졌다.

로자리오가 먼저 말했다.

"내가 그대를 초청한 이유는 프랑크에 관한 얘기를 나누고 싶어서다."

신희현은 이 뱀파이어의 제왕을 '단순 무식한데 힘은 센 멍청이'라고 단정 지었다. 그렇게 생각하고 일을 진행하는 것이 편했다.

'내가 알아내야 할 것은 프랑크에 관한 거다.'

이미 뱀파이어의 군주에게 거짓말을 해놨다. 나는 프랑크와 아주 잘 아는 사이라고 말이다. 그 거짓말을 들키는 순간, 놈은 돌변할지도 모른다. 거짓말을 굉장히 싫어하는 놈이니까.

'어떻게 진행해야 하지?'

엘렌도 동시에 생각했다.

'어떻게 사기를 쳐야 하는 겁니까?'

그녀의 날개가 활짝 펴졌다. 속으로 외쳤다.

'빛기꾼의 능력을…… 보여주십시오.'

그런데 엘렌은 흠칫 놀랐다.

분명 영체화 상태인데.

'눈이 마주친 것 같습니다.'

그럼에도 불구하고 눈이 마주친 것 같은 기분이 들었다.

"뒤쪽의 여성 천족분께선, 날개가 6장이군요."

엘렌이 영체화 상태를 풀었다. 영체화 상태를 꿰뚫어 봤다. 이런 일은 엘렌도 처음이었다.

신희현도 솔직히 조금 놀랐다.

'영체화 상태의 파트너를 알아보다니.'

그런데 지금 프랑크에 대한 얘기를 하던 중 아니었던가?

'오히려 잘됐어.'

로자리오의 관심을 분산시키면 분산시킬수록 이쪽이 얘기를 리드해 나가는 것도 쉬워질 테니까.

여차하면 엘렌의 날개에 관한 것으로 화제를 돌리면 되겠다 생각했다.

자, 그럼 이제부터 본론으로 들어가 볼까.

"프랑크에 관하여 할 얘기가 있습니다."

물론 나는 프랑크에 대하여 쥐뿔도 모릅니다만.

"프랑크가 당신에게 남긴 마지막 말에 관하여…… 알고 있습니까?"

로자리오의 몸이 바르르 떨렸다. 이곳, 로자리오의 방이 웅웅거렸다. 마치 작은 지진이라도 난 것 같았다.

"프랑크가…… 내게 마지막 말을 남겼습니까?"

"물론입니다."

그래, 믿어라. 나는 빛기꾼이지만 절대 사기는 안 쳐.

'이쯤에서 대충 그럴싸한 증거가 필요하겠지.'

요정의 날개를 내밀었다.

"나는 요정의 날개까지 선사받은 아탄티아의 군주입니다."

요정의 날개를 가졌다는 것과 아탄티아의 군주라는 것. 그것들은 사실 '프랑크가 남긴 말을 알고 있다'라는 것에 대한 증거는 되지 않는다. 하지만 이 멍청한 뱀파이어의 제왕은 '오오! 그렇구나!'라고 생각할 것이 뻔했다.

"그러한 제가…… 굳이 뱀파이어 제왕의 초대에 응하여 거짓말을 할 필요는 없겠지요."

로자리오는 고개를 끄덕였다. 신희현의 말에 동의하는 것 같았다.

빛기꾼이 말을 이었다. 듣지도 못했던 프랑크가 로자리오에게 남긴 말을 전하기 위해서 말이다.

11장
대천사 엘렌

신희현은 과거의 기억을 떠올렸다. 그는 예전에 '피의 길'을 돌파했었다. 하지만 그때는 지금처럼 쉬운 길이 아니었다.

　'그 당시에 그곳은…….'

　그때는 몰랐는데 지금 돌이켜서 생각해 보면.

　'그곳은 프랑크의 죽음을 기리는 추모 공간이었을 확률이 높다.'

　아무래도 그랬던 것 같다.

　당시에는 던전의 특이성이라 이해하고 그냥 넘어갔었다.

　어린아이 형태의 뱀파이어들이 나왔고 그 이후에 성인 뱀파이어들이 나왔다. 모두가 남자였으며 인간과 매우 흡사한 형태의 뱀파이어들이었다.

창백한 뱀파이어들 가운데 유난히 얼굴빛이 붉고 머리 위에 왕관을 쓴 뱀파이어가 하나 있었는데 그 뱀파이어의 이름이 프랭크였다.

'프랭크는 우리에게 우호적이었던 유일한 뱀파이어였지.'

그 당시에는 몰랐는데 프랭크와 프랑크, 이름도 비슷하지 않은가.

'프랭크가 우릴 안내했었지.'

안내하다가 피의 길 막바지에 이르러서 다른 뱀파이어들에 의해 불타 죽었다.

'……그랬었다.'

그 상황, 어디선가 들어본 상황이다.

로자리오가 말하지 않았던가. 나의 소중한 친우였던 프랑크가 가증한 인간들 놈의 손에 불타 죽었다고 말이다.

'머리에 왕관을 쓰고 있었고.'

그건 인간들의 왕을 뜻하는 게 아니었을까?

그 당시 프랑크가 어떤 사람인지는 모르겠지만, 어쨌든 그는 사람에 의해 불타 죽었다고 했다.

'그때 프랭크는…….'

우리에게 말했었다.

나의 동족들을 미워하지 말아달라고. 그들에게는 그들의 사정이 있을 뿐이라고. 나는 그대들을 사랑하고 있으며 그대들을 존중하고 있다고. 그러니 나의 동족들을 부디 용서해 달라는 말을 남겼었다.

'그 당시 우리는 그것에 대해 그리 신경 쓰지 않았다.'

던전 내에서 길잡이 역할을 대신 해줬던 것뿐이다.

그에게 감정이입을 하기에는 로자리오 대저택에 들어온 플레이어들의 경험이 너무 많았다. 그들은 이런 거에 일일이 감정이입을 하기보다는 효율적인 클리어에 모든 관심을 뒀다.

신희현이 말했다.

"프랑크는…… 내게 이렇게 말해줬다."

"……."

프랑크가 했던 말은 어쩌면 로자리오 자신이 듣고 싶었던 말이 아닐까? 그래서 이 로자리오 대저택 내에 있는 '피의 길'에 그러한 내용이 담겨 있었던 것은 아닐까?

그런 판단하에 말을 이어갔다.

"인간들을 미워하지 말아달라고."

"……."

로자리오의 몸이 움찔했다.

'통했다.'

신희현은 로자리오가 동요하고 있음을 알아차렸다.

'이 방법이 맞는 방법이다.'

의문은 여전히 남는다.

신희현에게 과거의 기억이 없었다면, 그랬다면 제대로 클리어할 수 없었을 확률이 매우 높다. 그럼 과거의 기억을 가지고 있지 않은 플레이어는 이곳을 '옳은 방법'으로 클리어할 수 없다는 걸까?

어쨌든 신희현은 계속해서 말했다.

"그 당시…… 인간들에게는 인간들의 율법이 있었고 그렇게 행할 수밖에 없던 사정이 있었다…… 라고 프랑크가 말했다."

그 율법이 뭐냐, 그렇게 행할 수밖에 없었던 사정이 뭐냐라고 물으면 대답할 말이 궁색해진다. 그래서 프랑크가 그렇게 말했다고 사기를 쳤다.

"……진정 그가 그렇게 말했나?"

"그는 그대가 피에 미친 자가 되는 것을 원치 않았다. 피의 길을 걷는 것을 원치 않았다. 그는 그대와의 우정을 소중히 간직하였다. 그 우정이 학살을 만드는 것을 원하지 않았다. 그는……."

신희현은 확신했다. 프랑크는 타의에 의해 죽은 것은 아닐 거라고.

"스스로 죽음을 선택했던 것이다."

지금의 상황과 연관 지어보면, 프랑크는 '빛의 성웅'일 것이다. 이 '큰 줄기'상의 빛의 성웅이 어떤 것인지는 몰라도 그가 그 길을 선택해야만 하는 어떠한 이유가 있었을 것이다.

'그때도 레벨 절대 룰이 있었는지는 모르겠지만…….'

그때도 그랬는지는 모르겠지만 레벨 절대 룰 비슷한 것이 존재했다면 다른 사람들은 프랑크를 죽일 수 없었을 테니까.

"프랑크는 자신의 죽음을 그대에게 알리고 싶었으나…… 그대는 잠을 자고 있었다. 그대의 숙면을…… 친우였던 그는 깨우고 싶지 않았던 것이다. 뱀파이어에게 있어서 잠이라는 것이 얼마나 중요한지, 얼마나 귀중한 가치인지 그는 알고 있었기 때문이다."

"……."

로자리오의 눈에서 눈물이 뚝뚝 떨어졌다.

'울어……?'

로자리오가 눈물을 흘리고 있었다.

'울 거라고는 생각하지 못했는데.'

로자리오가 말했다.

"그렇다면 나는 인간을 증오하지 않아도 되는 것인가?"

"……."

신희현이 고개를 끄덕였다.

이건 흡사 답정너(*답은 정해져 있고 너는 대답만 하면 돼의 준말) 아니겠는가.

증오하지 않아도 된다고, 누군가가 적법한 자격을 가진 자가 그렇게 말해주길 기다려 온 것 같았다.

신희현은 끝까지 능수능란했다.

"프랑크의 바람이 그것이었다."

끝까지 프랑크를 팔아먹었다.

그때, 알림이 들려왔다.

[로자리오의 분노가 해소됩니다.]
[로자리오의 마음에 안식이 찾아듭니다.]

그와 동시에.

[로자리오의 대저택이 클리어되었습니다.]

로자리오의 대저택이 클리어되었단다.

클리어 등급은 '프리미엄 노블레스'였다. 아무런 피해도 없었고 겨우 4명이 이곳을 클리어했다.

임찬영은 순수한 의미로 감탄했다.

'이런 것도 클리어로 인정되는군요.'

빛의 성웅은 정말 기상천외한 방법으로, 어찌 보면 사기에 가까운 방법으로 클리어를 해버렸다. 다른 플레이어들은 아마 이러한 플레이 방식을 떠올리지조차 못했을 것이다.

길잡이인 임찬영도 놀랐다. 최성일과 임설희는 더욱 황당했다.

'아무리 봐도 사기 같은데…….'

사기를 잘 쳐서 잘 먹고 잘사는 놈들의 얘기는 들어봤어도

사기를 잘 쳐서 '프리미엄 노블레스 등급'을 얻어내는 빛의
성웅 얘기는 들어본 적이 없었다.

보상의 방으로 이동됐다.

[보상이 산정됩니다.]

신희현이 씨익 웃었다.

로자리오 대저택에서 주는 중요한 아이템, 그것은 바로.

'그림자 망토냐?'

[그림자 망토가 보상으로 주어집니다.]

그림자 망토가 주어졌다.

그런데 보상의 방에 누군가가 나타났다. 로자리오였다.

'로자리오가 보상의 방에 나타났다?'

신희현은 솔직히 조금 놀랐다. 보상의 방에 누군가가 침투
하는 경우는 처음 봤기 때문이다.

영체화 상태의 엘렌을 알아본 것도 놀라운데 보상의 방에
침입하다니.

'내가 사기 친 걸 알아차린 건 아니겠지?'

분위기를 보아하니 그런 건 아닌 것 같았다.

로자리오가 물었다.

"그런데…… 그대는 어째서 요정의 날개를 사용하지 않는 것이지?"

"어떤 식으로의 사용을 말하는 것이지?"

'요정의 날개를 어디에 쓰는 건지 모르겠는데?'라고 말할 수는 없었다. 그래서 완곡히 돌려서 표현했다. 그의 말을 들어보면 '요정의 날개'는 여러 가지 방식으로 사용될 수 있는 것 같았으니까. 그중 한 가지 쓰임새를 묻고 있는 거다.

"그대의 부관인 천족은 현재 아무런 권능이 없지 않나?"

부관이 아니라 파트너이긴 하지만 신희현은 그런 사소한 것에 태클을 걸 생각은 없었다.

대신 물었다.

"물론 그렇다."

과거의 기억을 토대로 유추해 보자면.

"날개가 아직 6장밖에 없기 때문이지."

날개 때문이라고 생각했다. 그것 말고는 과거의 엘렌과 지금의 엘렌 사이의 차이점이 없었으니까.

'8장의 날개가 생기면 권능이 생기는 건가?'

그런 것까지는 몰랐었는데, 어쩌면 뭔가가 생기는 것일지도 모르겠다는 생각이 들었다.

로자리오가 고개를 끄덕였다.

"요정의 날개는 천사의 날개를 돋아나게 만드는 비약이라 알고 있다."

"……."

전혀 몰랐다. 하지만 겉으로는 내색하지 않았다. 엘렌도 내색하지는 않고 있으나 제법 놀란 모양이었다.

"내가 알고 있는 것을 그대가 모르고 있을 리는 없겠지."

아니, 모르고 있었다. 심지어 엘렌도 모르고 있었다.

신희현이 또 사기를 쳤다.

"물론이다."

"내 저택에 방문을 해주어 고맙다. 아탄티아의 군주여, 내가 한때 사랑했던 여인의 남자여."

신희현은 알 수 있었다.

'로자리오가 보상의 방에 모습을 드러낸 것은…… 보상이 끝나지 않았기 때문이다.'

그래야 설명이 되지 않는가.

신희현이 씨익 웃었다. 얼굴에 철판을 깔았다.

"군주 대 군주의 만남. 그리고 오랜 친우의 친우였던 인간과의 만남. 그대가 사랑했던 여자를 차지한 남자에 대한 경외의 선물을 주려 함인가?"

로자리오가 흠칫 몸을 떨었다.

'어…… 아니, 그런 게 아닌데……'라고 말하는 것처럼 당황하기는 했는데.

"군주가 군주의 무례한 초대에 응답하여 오랜 친우의 말을 전해주었는데…… 아무런 것이 없다면 나의 백성들이 나를 무능하다 욕할 것이다. 나는 인간들의 율법을 지켜야만 한다. 그게 인간의 왕이며, 인간의 군주가 해야 할 일이다."

엘렌은 신희현을 응원하는 한편, 조금 황당하기도 했다. 언제부터 신희현이 인간의 군주였으며 인간에게 율법이 있었단 말인가? 율법은 뱀파이어에게나 있는 것 아니던가.

'역시 빛기꾼이십니다.'

그녀의 날개가 활짝 펼쳐졌다.

아직은 6장이었다.

로자리오는 왼손 네 번째 손가락에 있던 반지를 빼내 신희현에게 건네줬다.

〈로자리오의 반지〉
뱀파이어의 제왕 로자리오를 소환할 수 있는 반지.

1회성 아이템이었다.

'대박이군.'

1회에 한하지만, 그는 이미 로자리오의 힘을 알고 있다. 400명분의 피가 아니었다면 로자리오 대저택을 클리어할 수 없었다. 맘모스 헌터와 마찬가지로 사냥이 불가능한 몬스터

(?)였다.

'게다가 소환 스킬을 사용하는 것이 아니다…….'

신희현의 마력을 잡아먹는 것도 아니었다. 비록 그 횟수는 1회로 한정되어 있지만 엄청난 무력을 가진 뱀파이어의 제왕을 소환하여 부릴 수 있다는 것은 커다란 특혜라 할 수 있었다. 하물며 지금은 최후의 던전을 앞두고 있는 상황 아닌가.

'그림자 망토에 로자리오의 반지.'

거기에 더해 요정의 날개를 사용하는 방법까지 알게 됐다.

신희현은 자신의 방으로 돌아와 요정의 날개를 꺼내 들었다.

"엘렌, 영체화를 풀어."

엘렌이 모습을 드러냈다.

'이 날개를 엘렌의 등에 붙이라고 했었지.'

그러면 날개가 돋아난다고 했다. 엘렌이 진지한 표정을 지었다.

"신희현 플레이어."

"응?"

"요정의 날개는 그 쓰임새가 무궁무진할 수 있습니다. 신희현 플레이어의 마음을 감사합니다만……."

"아냐."

최후의 던전밖에 남지 않은 상황에서 이 요정의 날개의 다른 쓰임새를 알 수 있는 확률이 얼마나 될까?

'과거 강유석도 8장의 날개를 가진 엘렌과 함께했었다.'

그때와 최대한 비슷한 상황을 만들고 싶었다.

'그 당시 강유석은 나보다 강했어.'

이렇게 사기(?)를 쳐 가면서 레벨 업을 해왔음에도 불구하고 그 당시의 강유석보다는 약하다.

신희현은 냉정하게 판단을 내렸다. 차이를 최대한 줄이는 것이 중요했다.

몇 번의 실랑이가 이어졌다. 결국 백기를 든 건 엘렌이었다.

엘렌이 진지한 표정으로 말을 이었다.

"제 스스로 붙일 수 없습니다."

옷을 벗어야 했다. 어쩔 수 있겠는가. 결국 엘렌은 뒤를 돈 상태로 상의를 벗었다.

신희현은 뒤돌아 있는 엘렌의 귓불이 붉어져 있는 것을 발견했다. 그녀답지 않게 말도 더듬었다.

"처, 처음입니다. 잘 부탁드립니다."

그 말을 해석해 보자면 자신의 반 나신을 타인에게 보여주는 것이 처음이라는 소리 같았다.

신희현은 어깨를 으쓱했다.

엘렌이 눈부시게 아름다운 것은 맞지만, 그렇다고 해서 마음이 흔들린다거나 욕정이 생긴다거나 하는 것은 전혀 없었다. 지금 이 순간에도 '민영이 보고 싶다'라고 생각했다.

신희현이 말했다.

"그럼 시작한다."

요정의 날개 두 장이 엘렌의 등에 달라붙었다. 곧 변화가
시작됐다. 엘렌의 몸이 빛에 휩싸였다. 엘렌의 등에 날개가
돋아났다. 8장의 날개가 생겼다.

알림이 들렸다.

[파트너의 각성이 완료되었습니다.]
[대천사의 권능이 활성화됩니다.]

엘렌의 몸을 휘감았던 빛이 사라졌다. 동시에 엘렌을 감싸
고 있던 옷도 전부 사라졌다. 엘렌의 몸에서 피어난 빛에 의
해 소멸한 것 같았다.

신희현은 침대 위에 올려져 있는 얇은 이불을 들어 엘렌의
몸에 덮어주었다.

엘렌은 뒤를 돌아보지 않았다. 그녀의 귓불은 물론이거니
와 목덜미도 붉어져 있었다.

[파트너의 레벨을 확인합니다.]
[앰플러스 네임을 확인합니다.]
['초월자'를 확인합니다.]
['밝은 빛의 성군'을 확인합니다.]

['앞서가는 자'를 확인합니다.]

　시간이 제법 오래 걸렸다. 플레이어의 역량에 따라서 저 '대천사의 권능'이라는 것도 변하는 모양이었다.

　엘렌의 등에는 어느새 8장의 날개가 자리 잡고 순백의 빛을 뿌리고 있었다.

　'8장의 날개.'

　8장의 날개가 완성되었다.

　8장의 날개로 인한 특전. 과거에도 전혀 모르고 있던 내용이다.

　'과연 어떤 게…….'

　시스템 알림이 이어졌다.

['성군의 증표'를 확인합니다.]

　성군의 증표까지 확인했다.

　신희현은 여지껏 '성군의 증표에 긍정적인 영향을 끼칩니다'라는 알림을 많이 들었었다. 그것이 긍정적인 작용을 하는 듯싶었다.

　'뭐가 이리 오래 걸려?'

　엘렌은 아무런 말도 하지 않았다.

　그사이, 알림이 또 이어졌다.

['대리 죽음'이 활성화되었습니다.]

대리 죽음이 무엇인가 궁금해할 겨를도 없이 또 다른 권능까지 활성화되었다.

['정화'가 활성화되었습니다.]

활성화된 권능은 총 두 개였다.

'대리 죽음'과 '정화'.

"엘렌, 활성화된 권능에 대해 설명해 봐."

엘렌은 이불 속에 몸을 감춘 채 얼굴만 빼꼼 내밀었다.

그 모양새만 보면 상당히 귀여운 축에 속했으나 엘렌의 표정은 진지하기 그지없었다. 마치 '내가 대천사요'라고 주장하는 듯한 근엄한 표정을 짓고 있었다.

"대리 죽음은…… 파트너가 플레이어의 죽음을 대신할 수 있는 권능입니다."

"죽음의 정의는?"

원래대로라면 최후의 던전이 활성화되기 전, H/P와 M/P의 개념이 생겨난다. 그런데 그 개념은 아직도 나타나지 않았다.

과거의 세계에서 플레이어의 죽음이란 굉장히 쉬웠다.

H/P가 0이 되는 순간.

그게 죽는 거다.

"H/P 시스템이 활성화될 것입니다."

"H/P가 0이 되면 죽는다?"

최후의 던전에서는 H/P나 M/P의 개념이 생겨나는 것 같았다. 레벨 절대 룰이 세상을 완전히 지배할 수 있었던 것에는 이 'H/P'가 커다란 영향을 끼쳤었다.

M/P는 몰라도 H/P는 외부로 공개가 됐다. 그것은 곧 레벨 높은 자가 레벨 낮은 자 위에 군림할 수 있는 하나의 요소였다. 상대의 생명력이 눈에 훤히 보이니까 말이다.

"플레이어가 원할 때, 저는 그 죽음을 대신할 수 있습니다. 이는 대천사의 권능입니다."

"그럴 일은 없을 거야."

신희현이 어깨를 으쓱했다.

그럴 일이 '절대로' 없을 거다라고는 말할 수 없었다. 하지만 그렇다고 엘렌의 목숨을 버려 자신의 목숨을 취하는 일은 없어야 했다.

'그런 날이 온다면…….'

그런 날이 오면 어떻게 할지 모르겠다.

'그런 날이 없기를 빌어야겠지.'

엘렌은 감정 없는 눈동자로 신희현을 쳐다봤다.

"필요한 경우에는 사용하셔야 합니다. 저는 신희현 플레이어의 자의적 판단을 존중합니다."

"그럴 일 없어."

일단은 이렇게 말했다.

실제로 그는 이 권능을 사용하고 싶은 마음이 없었다. 내가 살기 위해 다른 사람이 죽는 거, 그거 생각보다 괴로운 거다. 더욱이 그 다른 사람이 여태껏 같이해 온 파트너라면.

정말로 필요한 상황이 온다면 그때는 사용을 고려해 볼 수도 있겠지만, 적어도 지금은 아니었다. 그래서 그럴 일 없다고 대답했다.

엘렌은 아무런 말도 하지 않았다.

"……."

신희현이 또 물었다.

"두 번째 권능은?"

"빛과 반대되는 속성에 대한 정화 작업을 진행합니다. 1일 1회로 그 횟수가 제한됩니다."

"정화 작업이 뭔데?"

"빛과 반대되는 속성은 곧 어둠, 파괴, 욕망, 시기, 질투, 미움, 분노 등이 있습니다. 정화는 이를 가라앉히는 역할을 합니다."

신희현은 고개를 끄덕였다.

'이를테면…… 정신 계열에 작용하는 함정에 저항할 수 있도록 도와주는 것이겠어.'

설명은 거창하지만 그럴 확률이 매우 높았다.

'1일 1회 횟수 제한.'

이런 식의 제약이 있다는 건.

'그만큼 강력한 힘을 가지고 있다는 뜻이겠지.'

쿨타임이 무려 24시간이다. 이 정도면 분명 어느 순간이 되었든 제 역할을 다해줄 것이다.

신희현은 고개를 끄덕였다. 그러고선 피식 웃었다.

"엘렌, 날개가 8장이 되었네."

그 말이 기뻤는지는 몰라도 엘렌의 날개가 활짝 펼쳐졌다.

"그렇습니다."

그녀의 표정은 무표정이었지만 신희현은 그녀의 표정을 읽을 수 있는 경지에 이르렀다.

지금 그녀는 무척 상기되어 있었다. 표정은 무표정이었지만 얼굴부터 목까지 붉어져 있었다. 부끄러워서라기보다는 즐겁고 흥분이 되어 붉어진 듯한 느낌이었다.

"신희현 플레이어께서 요정의 날개를 제게 아낌없이 주었기 때문입니다."

그때, 신희현의 등에서 식은땀이 흘러내렸다.

"엘렌."

"말씀하십시오."

"얼른 이불 주워."

엘렌의 대화에 너무 집중하느라 강민영이 다가오고 있는 걸 눈치채지 못했다.

"오빠……?"

얼떨결에 엘렌은 이불을 덮고 몸을 숨겼다. 영체화 상태를 진행하면 됐는데, 엘렌도 당황한 것 같았다. 강민영은 붉어진 엘렌의 얼굴과 신희현을 번갈아 보면서 쳐다봤다.

"지금…… 무슨 상황이야?"

"미, 민영아. 이건 그러니까……."

엘렌은 지금 옷이 전부 벗겨진 상태로 이불만 뒤집어쓰고 있다. 얼굴과 목은 전에 없이 붉어져 있고.

신희현은 몬스터 앞에서도 느껴보지 못한 공포를 맛봤다.

민영은 침착하게 물었다.

"엘렌이 어째서 옷을 전부 벗고 있는 거야?"

엘렌은 무표정을 유지하면서 생각에 잠겼다.

'어째서 저는 지금 이 상황이 불편한 것입니까?'

비록 대천사지만 이런 상황에 익숙하지 못한 엘렌은 자신이 왜 지금 숨어야 하는지, 왜 난처한 상황인지 이해하지 못했다. 이해하지 못했지만 불편한 상황인 건 틀림없는 사실이었다.

"강민영 플레이어, 제가 다 설명하겠습니다."

뭔지는 모르겠는데 뭔가 억울한 느낌이랄까.

강민영은 고개를 끄덕였다. 그녀 입장에서는 초인적인 인내심을 발휘한 거다. 그리고 그 초인적인 인내심 덕분에 상황은 잘 마무리됐다.

강민영은 흥분하기에 앞서 엘렌의 말을 끝까지 경청했다.

"……그렇게 된 것입니다."

신희현도 고개를 끄덕였다.

"어, 그렇게 된 거야. 이건 내 의도랑은 전혀 상관없었어."

강민영이 빙그레 웃었다. 충분히 납득이 되는 설명이었다. 기본적으로 그녀는 신희현을 신뢰하고 있었고. 엘렌의 날개가 8장이 된 것도 확인했다.(그때, 또다시 이불이 흘러내려 나신이 되었다. 신희현은 그 나신에 눈길조차 주지 않았고, 그것은 강민영에게 상당한 위로가 됐다.)

강민영이 말했다.

"뭔가 사정이 있을 거라고 짐작은 했어."

"그, 그렇지?"

"응, 내가 오빠를 믿는 것만큼 오빠도 나를 좀 믿어주면 좋겠어. 오빠답지 않게 너무 당황하고 그러니까 괜히 없던 의심도 생길 것 같잖아. 차근차근 얘기하면 될 걸 왜 그렇게 허둥거리는 거야?"

"어…… 미안."

숱한 전장을 누비며 많은 경험을 쌓았지만 이런 상황은 익숙하지가 않아서 그랬다.

천하의 빛의 성웅도, 강민영 앞에서는 식은땀을 흘렸다.

그리고 며칠 뒤, 알림이 들려왔다.

[최후의 던전이 생성되었습니다.]

신희현이 원래 알고 있던 것과는 완전히 다른 형태로, 그리고 다른 방식으로 최후의 던전이 모습을 드러냈다.

[3일 뒤 최후의 던전에 입장이 가능합니다.]

긴급 보도가 이루어졌다.

─저는 지금 인왕산에 나와 있습니다. 현재는 최후의 던전으로 변모한 이곳은…….

서울, 인왕산이 있던 곳이 하룻밤 사이에 최후의 던전으로 변했다. 산이 통째로 사라져 버린 거다. 대신 산 높이만큼이나 커다란 '제단'이 하나 생겼다. 신희현도 TV를 통해 확인했다.

'최후의 던전이…….'

제단 모양이다.

'확실히 미래가 달라졌어.'

놀라지는 않았다. 어느 정도는 예측하고 있었다. 로자리오 대저택이 변화했던 때부터 이미 미래는 달라졌다.

'인왕산에 모습을 드러냈다.'

그것도 '제단'의 형식을 빌려서 말이다.

'고대 던전들에 있던 제단과 비슷한 형태.'

비슷하기는 하나 그 크기가 훨씬 거대했다. 해발 400미터에 이르렀다. 지상에서 봤을 때는 콜로세움과 비슷한 형태의 거대한 건축물처럼 보이고, 공중에서 촬영했을 때 비로소 제단의 형태를 띠고 있다는 것이 알려졌다. 제단에는 계단도 있었고 비석 비슷한 것도 있었다. 제단에서는 황금빛 빛줄기가 끊임없이 새어 나왔다.

'제단이…… 어떠한 힌트가 되는 건가?'

아직은 알 수 없었다.

고구려에서 자세한 정보를 보내왔다. 제단의 정확한 높이, 형태, 기타 외적으로 확인할 수 있는 정보들을 말이다.

'히든 던전들, 아탄티아에 이은 로자리오 대저택, 최후의 던전.'

연결 고리를 찾으려 힘썼다.

'그리고 시스템이 말하는 최후의 보상 HAN.'

그것들을 연결 지어 생각해 보면 답이 나올지도 모른다.

이 시스템이 무엇인지, 왜 이런 변화가 생겼는지, 또 앞으로는 어떻게 클리어를 진행해야 하는지.

아주 작은 단서라도 잡는 것이 중요했다. 이제는 정말로 최후의 던전이 목전에 도달했으니까.

'드디어…….'

최후의 던전 이후, 세상이 어떻게 변할지는 모른다. 그가 HAN을 얻게 될 수 있을지 없을지도 확실한 건 아니었다.

그가 HAN에 가장 가까운 사람이라는 것은 틀림없었지만 그것은 과거의 강유석도 마찬가지 아니었던가. 어찌 된 이유였는지 강유석은 마지막 순간 HAN을 소유하지 못했었다.

　

−수많은 플레이어가 최후의 던전에 진입하겠다 약조를 한 가운데…….

−인류의 흥망성쇠가 플레이어들에게 달려 있다 해도 과언이 아닐 정도로…….

　

최후의 던전에 대한 얘기가 세상을 온통 가득 메웠다.

대통령이 직접 나서서 플레이어들에게 도움을 요청하기도 했다. 일반 사람들도 플레이어들이 나서서 최후의 던전을 제대로 클리어해 주기를 빌었다. 그리고 이번에도 어김없이,

그 기대와 기원의 대상은 빛의 성웅이었다.

"빛의 성웅도 이번 원정에 참여한대."

"당연하지. 빛의 성웅 없으면 뭐가 진행이나 되겠어?"

그에 발맞추어 신희현은 기자회견을 열었고 '빛기꾼'다운 면모를 선보였다. 덕분에 '성군의 증표에 긍정적인 영향을 끼칩니다'라는 알림을 수없이 많이 들었다.

─……그리하여 저는 이 원정대에 함께하는 수많은 플레이어를 결사대라 지칭하며 이 한 몸을 아끼지 않고 세상을 위하여 헌신할 것을 굳게 다짐합니다. 제 최후의 목표는 HAN이 아니라 평화입니다. 감사합니다.

……라는 말로 끝맺음을 맺었다. TV 속에 보이는 신희현의 등 뒤에는 어느새 8장의 날개를 가진 파트너 엘렌이 날개를 활짝 펴고 성스러운 빛(?)을 흩뿌리고 있었다.

이윽고 결전의 날이 다가왔다. 신희현을 필두로 한 플레이어들이 최후의 던전에 입성했다.

[최후의 던전에 입성하였습니다.]

입성과 동시에 수많은 플레이어가 비명을 질렀다.

최후의 던전, 그곳의 가장 첫 번째 적은 몬스터가 아닌 바로 플레이어들이었다.

이해할 수 없는 일이 벌어졌다.

12장
최후의 던전 (상)

최후의 던전 입성과 동시에 알림이 들려왔었다.

[H/P 시스템이 활성화됩니다.]
[M/P 시스템이 활성화됩니다.]

H/P와 M/P 시스템이 활성화됐다. 마치 정말 게임처럼, 플레이어들 머리 위에 노란색 바가 생겨났다. H/P를 표시해 주는 것이었다.

알림은 그게 끝이 아니었다.

[레벨이 제한됩니다.]

이제 한정된 능력으로 이곳을 클리어해 나가야 했다.

H/P, M/P 활성화, 그리고 레벨 제한.

이런 건 이미 예상하고 있었다.

'초장부터 환영이 아주 격하네.'

그러나 이 상황은 예상하지 못했다. 들어오자마자 플레이어들이 미쳐서 날뛰는 곳이라니.

알림이 친절하게 이곳이 어디인지 알려줬다.

어두운 공간, 어두운 방 안처럼 보이는 이곳의 이름은.

-'혼돈의 방'에 오신 것을 환영합니다.

어린 소년의 목소리였다.

신희현은 순간 인상을 찡그렸다. 저 목소리, 최후의 던전에서 지겹도록 들었던 목소리였다.

'오랜만에 듣는군.'

감상에 젖어 있을 시간은 없었다.

신희현은 주위를 둘러봤다. 여기저기서 비명이 터져 나왔다.

수많은 플레이어, 그러니까 최후의 결사대라 불리는 상위급 플레이어들 수천 명에게 일대 혼란이 찾아왔다.

'내게는 아무런 영향도 없다.'

당황하면 될 것도 안 된다. 지금 수천에 달하는 플레이어가 우왕좌왕하며 비명을 지르고 있지만 그것에 동요할 수는 없었다.

'정신에 작용하는 트랩은 확실한데.'

이름도 '혼돈의 방'아닌가.

'만약 내게 어떤 영향을 끼쳤다면 불굴의 의지가 방어했을 거다.'

불굴의 의지도 반응하지 않았다. 그렇다는 말은 곧, 이 혼돈의 방에서 플레이어들을 공격하고 있는 이 정신계 공격은 임의의 확률로 플레이어를 공격한다는 소리였다.

'이건……'

우연의 일치는 아닐 것이다.

'대천사의 권능이 바로 며칠 전에 활성화되었다.'

전에 얻었던 보상이 후의 행보에 영향을 끼친다. 이것은 제대로 클리어하고 있다는 뜻이다.

"엘렌."

엘렌이 날개를 펼쳤다. 그녀가 높이 날아올랐다.

강석현은 고구려 내 에이스 팀이라 할 수 있는 광개토의 막내다. 나이가 겨우 18살이지만 상당히 뛰어난 재능을 보이며 급속도로 성장했다. 어린 데다가 붙임성까지 좋아, 고구려의 실세이자 광개토의 팀장인 김상목이 상당히 아끼는 제자 겸 팀원이기도 했다. 형, 동생 하면서 굉장히 친밀한 관계를 유지했다.

강석현은 김상목을 굉장히 좋아했다. 레이드가 없는 휴일에도 형, 형 하면서 따라다녔을 정도니까.

그 강석현은 믿을 수 없다는 듯 김상목을 쳐다봤다.

"혀…… 형……."

"……."

김상목의 쌍검 중 하나가 바로 옆에 있던 강석현의 배를 꿰뚫었다.

푸욱!

날카로운 쇠붙이가 몸속으로 들어오는 것이 느껴졌다.

'피가 나지 않아.'

신기했다.

피도 나지 않고.

'아프지도 않아.'

감각은 살아 있는데 괴롭지 않았다. 이상한 느낌이었다.

강석현이 몸을 뒤로 빼려고 했을 때.

'컥……!'

김상목의 검이 강석현의 심장을 노리고 날아들었다.

푹!

강석현은 섬뜩한 느낌을 받았다.

신강철이 그 장면을 목격했다.

"힐!"

황급히 힐을 넣었다.

아무래도 크리티컬 샷이 뜬 모양이었다. 강석현의 H/P가 순식간에 붉어지면서 0을 향해 수렴하고 있었으니까.

"힐!"

마침 옆에 있던 또 다른 힐러 하나가 강석현에게 힐을 넣었다. H/P가 차오르는가 싶었지만.

털썩!

결국 강석현이 쓰러졌다. H/P가 0이 되어버렸다.

고구려의 팀원 하나가 김상목을 막아보려 했지만 이미 때는 늦었다.

"제, 젠장!"

H/P가 0이 되면 죽는다.

플레이어들은 지금 상황을 정확히 이해했다.

헤라클레스의 팀장, 김경수가 방패를 들어 올렸다.

"플레이어를 공격하는 놈들을 막앗!"

지금 아무래도 어떤 함정에 빠진 것 같았다.

그는 저만치 멀리, 빛의 성웅을 쳐다봤다. 빛의 성웅도 지금 상황을 파악하고 있는 것 같았다. 그러니 일단은 피해를 최소화시키는 것이 중요했다.

플레이어들 간에 전투가 벌어졌다.

신희아가 바들바들 떨었다.

"오빠……."

그녀는 사람들끼리 죽이는 광경은 본 적이 거의 없었다.

'아무것도 안 할 수는 없어!'

무서웠다. 하지만 힘을 끌어올렸다. 플레이어를 공격하는 플레이어에게는 디버프를, 멀쩡하다 짐작되는 플레이어에게는 버프를 걸었다.

플레이어 하나가 결국 폭발했다.

"이 씨발 새끼야!"

그래, 가만히 이렇게 공격당할 수는 없지 않은가.

처음에 당황하던 플레이어들도 이제 무기를 꺼내 들었다.

방금까지의 동료가 적이 되는 것은 순식간이었다.

H/P가 느껴졌다.

이게 0이 되면 죽는구나.

그것도 이제 안다.

칼부림이 벌어지기 직전.

과거, 미치광이 학살자라 불렸으며 현재는 이두호라는 이름으로 활동하고 있는 얼음계 마법사 변도현도 결국 마력을 끌어올렸다.

'빛의 성웅조차도 이걸 제대로 해결할 수 없는 것 같다.'

죽이지 않으면 내가 죽게 생겼다.

'스킬명도 외칠 필요는 없겠지. 지금은 적이니까.'

그렇게 생각한 그가 마법을 구현하려 했다.

'아이스……'

그때 신희현의 파트너, 천족 엘렌이 8장의 날개에서 성스러운 빛을 흩뿌리며 공중으로 날아올랐다.

[대천사의 권능을 준비합니다.]
[권능 발현 준비가 완료되었습니다.]

준비 시간이 조금 걸렸다.

신희현이 말했다.

"정화."

엘렌의 몸에서 하얀빛이 뿜어져 나오기 시작했다.

[대천사의 권능이 활성화됩니다.]
[대천사의 권능, 정화를 사용합니다.]
[이는 시전자의 마력을 사용하지 않습니다.]

그 하얀빛이 이 어두운 방을 뒤덮었다.

[정화의 권능이 마기를 몰아냅니다.]
[마기가 정화되기 시작합니다.]

대천사 엘렌의 날개가 순백의 빛을 발했다.
그리고 변도현은 캐스팅을 취소했다.
'이럴 수가.'
헤라클레스의 리더 김경수도 몸에서 힘을 풀었다. 방패를
내렸다.
'플레이어들이…… 멈췄다.'
그들도 알림을 들었다. 대천사의 권능이 발현되었다는 알
림이었다.
정화가 진행되었다.
"아……."
플레이어 몇몇은 엘렌의 모습을 보며 말을 잇지 못했다.

상황에 걸맞은지는 모르겠지만 엘렌은 아름다웠다. 단순히 아름답기만 한 것이 아닌, 범접할 수 없는 어떤 분위기를 갖고 있었다.

그녀의 몸에서 뿜어져 나온 하얀색 빛이 플레이어의 몸에 닿을 때마다 플레이어들이 정신을 차렸다.

김상목 역시 정신을 차렸다.

"아⋯⋯!"

검을 떨어뜨렸다. 털썩 주저앉았다.

"석현아⋯⋯?"

그의 몸이 바르르 떨렸다. 그가 아끼는 동생이었던 강석현은 일어나지 못했다. H/P가 0이 되어버렸기 때문이다.

"⋯⋯."

김상목은 자괴감에 빠져들었다. 아까의 순간이 또렷하게 기억이 난다. 몸이 멋대로 움직였다. 마기에 침식당했다는 알림도 기억이 났다.

'내가⋯⋯.'

내가 내 팀원을 죽인 거다.

그때, 신희현이 큰 목소리로 외쳤다.

"정신들 똑바로 차렷!!!"

과거에 이 역할은 강유석이 했었다.

'충격이 크겠지.'

신희현이 주위를 훑어봤다. 플레이어가 많이 죽었다. 어림

잡아도 20명은 죽은 것 같았다.

마기에 침식당한 플레이어들이 가까이 있던 플레이어들을 공격했다. 가까이 있었다 함은 평소에 친했을 확률이 높다는 거다.

동료, 팀원, 혹은 가족.

'하지만 이제부터가 시작이다.'

지금이 중요했다.

신희현이 지금의 플레이어들을 강하게 키운다고 키웠다만, 그래도 과거의 플레이어들에 비해서는 온실 속의 화초인 것은 틀림없었다.

"너희가 무슨 짓을 했는지. 모두 잊을 필요는 없다. 분명히 잘못을 했다. 하지만 살아 있어야 죗값도 치를 수 있는 거다."

과거 강유석은.

"병신 새끼들아, 정신 똑바로 차려. 모두 죽어 버리기 전에."

이 말 하나로 정신을 번쩍 차리게 만들었었다.

하지만 신희현은 폭군이 아니었다.

"살아 있어야 용서도 빌 수 있는 거다."

"……."

"지금 잘못했다 생각하면, 옆의 사람 한 명이라도 더 구하려 노력하면 된다. 지금 너희가 할 것은 그것뿐이다."

성군 노릇도 어렵다면 어려웠다. 강유석처럼 본보기로 몇 명 죽여 버리고 정신 똑바로 차리라고 한다면, 효율성 측면에서만큼은 아주 좋을 거란 생각까지 들 정도였다.

'그래도……'

이 정도 말했으면 알아들을 거다. 이곳에 모인 수천 명은 그래도 상위급 플레이어였고 많은 전투를 몸소 경험하며 올라온 이들이니까.

'김상목도 침식당한 걸 보면……'

김상목은 이 중에서도 톱급의 실력을 가진 플레이어다.

'쉽지 않겠어.'

최후의 던전은 그 공략이 정해져 있지 않다. 내용도 바뀌고, 순서도 바뀌고, 수많은 변수에 의해 스스로 변화하는 던전이다.

'커다란 줄기' 자체는 변하지 않겠지만, 그 사이의 세세한 내용은 얼마든지 바뀔 수 있다. 바로 지금처럼 말이다.

'들어오자마자 혼돈의 방이라니.'

신희현은 강민영의 손을 꼭 붙잡아줬다. 아주 작게 말해줬다.

"괜찮아."

"……."

"괜찮아, 민영아."

"……."

"잘 버텼어. 잘했어."

강민영마저도 마기에 침식당했었다. 강민영은 마력이 높아서인지는 몰라도 마기에 저항을 많이 했다. 덕분에 캐스팅하는 시간을 늦출 수 있었고 그녀는 플레이어들을 공격하지 않을 수 있었다.

불의 법관쯤 되는 마법사가 대규모 광역 마법을 시전했다면 그 피해는 지금보다 훨씬 커졌을지도 모를 일이다.

민영의 손을 더욱 꽉 잡아줬다.

"잘했어."

"……오빠."

강민영도 정신을 차렸다. 언제까지 실의에 빠져 있을 수는 없었다.

"……고마워. 그렇게 말해줘서."

"임의의 확률로 임의의 플레이어를 공격한 모양이야."

신희현은 애초에 정신 공격 자체를 당하지 않았다.

'강현수의 팀은 단 한 명도 공격받지 않은 느낌이네.'

행운의 대명사라 불리는 강현수다. 그의 행운의 여파가 그 주위의 모든 플레이어에게 미친 것 같았다.

어쨌든 '혼돈의 방'에서 더 이상 피해자는 발생하지 않았다.

그때, 목소리가 들려왔다.

―이런이런, 피해가 이렇게 없다니? 놀라운 일인걸? 정말 대단한 녀석이 포함되어 있잖아?

신희현은 인상을 찡그렸다.

저 목소리는 지금 즐거워하고 있는 것 같았다. 마치 자신들을 시험하고 놀리는 것처럼 말이다.

신희현도 저 목소리의 정체는 모른다. 아마도 '던전 자체의 의지'일 확률이 높았다. 그러니까 최후의 던전은 '의지를 가진' 던전일 확률이 매우 높다는 소리다.

소년의 목소리가 계속 들려왔다.

―그런데 어쩌지? 겨우 이 정도의 피로는 이곳을 탈출할 수가 없겠는데?

신희현이 얼굴이 험악하게 일그러졌다.

'그러니까 이 방은……'

그 숫자가 정확히 얼마인지는 모르겠지만 많은 플레이어가 죽어야 탈출할 수 있는 방인 것 같았다.

탁민호도 저 말의 저의를 깨닫고 신희현에게 접근했다.

"그러면 저희는 어떻게 해야 합니까?"

얄미운 알림이 이어졌다.

—적어도 300명 정도는 피를 흘려줘야 이곳에서 나가게 해줄 거야. 혼돈의 방이 배고파하고 있단 말이야.

한마디를 덧붙였다.

—누가 죽을지는 알아서 결정하고. 약한 놈이 죽어주는 게 편할걸?

플레이어들은 침묵했다.

"……."

눈치 싸움이 시작됐다. 아무래도 누군가가 죽어야만 이곳을 탈출할 수 있는 모양이었다.

'나는 죽을 수 없어.'

모두가 그렇게 생각했다.

죽기 위해 이곳에 모인 사람은 없었다. 그런데 저 말도 안되는 게 클리어 조건이라니.

플레이어들의 눈이 신희현을 향했다. 이 상황을 타개할 수 있는 건, 이 결사대의 리더인 신희현이었으니까.

'강유석이었다면…….'

지금 이 자리에서 300명을 죽였겠지.

'하지만 나는 다르다.'

신희현이 씨익 웃었다.

신희현, 그의 얼굴은 매우 비장했다. 어찌 보면 침통한 표정이기도 했다.

그의 표정을 본 수많은 플레이어도 직감했다.

'이번에는…… 쉽게 지나갈 수가 없을 것 같다.'

조금 전, 친한 동생이었던 강석현을 제 손으로 죽인 김상목도 마음이 불편하긴 매한가지였다.

'나는…… 내 손으로 석현이를 죽였다.'

이 죄는 평생 갚지 못할 것이다. 그러한 죄책감 때문에 이미 혼란스러운데.

'그런데 또 누군가를 죽여야 한다고?'

이런 상황이 발생하고 만 것이다. 이 빌어먹을 최후의 던전이라는 건 정말 거지 같았다.

탁민호가 조심스레 가까이 다가왔다.

"신희현 씨……."

탁민호는 빛의 성웅이 저런 표정을 짓고 있는 걸 처음 봤다. 빛의 성웅도 던전 내에서 이토록 침통한 표정을 지을 줄 아는 사람이었다는 걸, 지금 처음 알았다.

조롱하는 듯한 알림이 들려왔다.

─상의는 잘하고 있니? 나는 마음이 너그러우니까 조금 기다려 줄수 있단다. 하지만 나의 인내심을 시험하지는 말아줬으면 좋겠어. 지금 혼돈이가 배고프다고 난리를 치고 있어서 말이야.

신희현은 주위를 둘러봤다.

'이런 건…… 확실히 안 좋아.'

나빴다. 플레이어들이 서로를 경계하고 있었으니까.

그나마 지금 빛의 성웅이라는 강력한 리더가 있기에 망정이지 없었다면 일대 혼란이 찾아들었을지도 모를 일이다.

어쩌면 이 자리에서 약한 플레이어들은 이미 먹잇감이 되었을지도 모른다. 내가 살기 위해서 다른 사람을 죽이는 경우는 예전부터 많았으니까. 길잡이 홍경식도 그랬었고.

아까 정화의 빛을 뿌렸던 대천사 엘렌은 다른 플레이어들과는 생각이 조금 달랐다.

'빛기꾼께서…… 뭔가를 꾸미고 계신다.'

지금의 저 표정, 자세히 보면 뭔가 어색했다. 그리고 엘렌은 아까 빛의 성웅, 아니, 빛기꾼이 씨익 웃는 것을 정확하게 봤다. 그래서 그다지 긴장하지 않았다.

강민영도 신희현의 표정을 읽었다.

'뭔가 방법이 있는 것이 틀림없어.'

엘렌과 강민영의 생각이 맞았다. 신희현이 허공을 향해 말했다.

"정말…… 300명의 피가 이 땅을 적시지 않는다면…… 우리는 이곳을 나갈 수 없는 것이냐?"

그의 말과 함께 모두가 조용해졌다.

빛의 성웅이 어떤 결단을 내릴까?

혹시 그것이 누군가 300명을 죽이는 것이라면?

그건 자신이 되어서는 안 됐다. 그들은 살려고 이곳에 들어왔지 죽으려고 이곳에 들어온 게 아니었으니까.

'젠장.'

'뭐가 어떻게 돌아가는 거야?'

'300명?'

특히나 이곳에 모인 플레이어 중 하위에 속한 플레이어들은 긴장했다. 사실상 이곳의 왕은 빛의 성웅이었고 그가 사형선고를 내리는 순간, 여기서 개죽음을 당할 수도 있었으니까.

목소리가 들려왔다.

―그래, 혼돈이가 지금은 딱 그 정도만 원해. 히히힛!

신희현이 다시 한번 조건을 확인했다. 확인하는 방법이 조금 애처로워 보이기는 했다.

"정말…… 그 방법밖에 없는 것인가? 300명의 피?"

목소리는 점점 더 신이 난 것 같았다.

―그래, 300명! 더도 말고 덜도 말고 딱 300명! 자, 어서! 마음대로 날뛰어봐!

신희현이 고개를 끄덕였다.

좋다. 조건을 완전히 확인했고, 그것을 재차 확인까지 받았다.

신희현이 상급 간소화 주머니를 꺼내 들었다.

플레이어들은 멍하니 신희현을 쳐다봤다. 그건 김상목 역시 마찬가지였다.

'예지력이 안 통한다 하지 않았었나……?'

최후의 던전은 예지력이 통하지 않는 미지의 영역이라고 했었는데, 어떻게 피를 준비하고 있었지?

신희현이 말했다.

"이 정도는 다들 챙기는 거죠."

플레이어들은 황당해졌다.

'누가 저딴 걸…….'

누가 300명분의 피를 챙기고 다닌단 말인가.

심지어 준비된 길잡이 탁민호와 임찬영도 황당해했다. 그들도 여타 다른 길잡이들에 비해 수많은 물품을 인벤토리에 가지고 다니지만 피를 갖고 다닌 적은 없었다.

신희현의 품속에서 나온 피는 신희현이 로자리오 대저택을 클리어하기 위해 미리 구해놨었던 '400명분의 피'였다. 물론 400명분의 피를 얻기 위해 수만 명에게 헌혈을 받아야 했지만.

목소리는 조금 분한 것 같았다.

―이, 이, 이……!

하지만 신희현은 여유를 잃지 않았다. 저 목소리의 정체는 알 수 없으나 과거에도 그랬고 지금도 그렇고 자기가 한 말은 꼭 지켰다.

신희현이 매우 비장한 표정으로 말했다.

"혼돈아, 우리의 제물을 받아줘."

그리고 어느덧 혼돈의 방이 클리어되었다는 알림이 들려왔다.

[혼돈의 방이 클리어되었습니다.]

[혼돈의 방 출구가 활성화됩니다.]

출구가 활성화는 되었으나 어디 있는지는 알 수 없었다.

신희현이 말했다.

"여기서 잠시 휴식하겠습니다."

플레이어 몇몇을 살펴봤다. 혼돈의 방에서 있었던 사태로 인해 플레이어들의 몸이 많이 경직됐다. 특히나 김상목의 경우는 아직 정신을 제대로 부여잡지 못한 것 같았다.

그럴 만도 했다. 제 손으로 제 동료를 죽였으니.

'로자리오 대저택을 대비하기 위해 준비했던 피가 여기서 사용됐다.'

신희현은 잠시 생각에 잠겼다.

전에 쓰려고 미리 챙긴 것이 지금 사용됐다.

과거에 '혼돈의 방'이라는 곳은 없었다. 이미 예상했듯 최후의 던전은 그 모습도, 내용도 많이 달라져 있었다.

'최후의 던전 내에도 커다란 줄기가 적용되는지는 확인해 봐야겠지만.'

대표적으로 초열지옥, 뇌우의 계곡, 초한 폭포 등 '큰 줄기'에 해당한다고 할 수 있는 관문들이 실제로 존재할지 그건 알 수 없었다.

신희현은 지금 그러한 것들이 존재할 거라고 생각하고는 있다만 직접 몸으로 부딪치지 않으면 확인할 수 없는 일이었다.

'내가 과거를 미리 경험하지 않았었다면……'

그랬었다면.

'피해 없이 클리어할 수는 없었을 거다.'

마치 과거를 알고 있는 자만이 이곳을 제대로 클리어할 수 있는 것 같았다.

'모르겠군.'

언젠가부터 모르는 것투성이가 됐다.

신희현은 히든 던전을 클리어하고 있었던 임찬영과 최성일, 그리고 임설희를 불렀다.

"임찬영 씨는 뭔가 특별한 것이 없었습니까?"

그 덕분에 히든 던전을 쉽게 클리어하지 않았던가. 하나의 커다란 줄기에 함께 속해 있는 플레이어였고.

임찬영은 고개를 저었다.

"……없었습니다."

이제 남은 단서는 최성일과 임설희.

"그 지도는 어떻게 됐죠?"

"아직 해석 불가능합니다."

그들의 지도. 앞면은 해석이 가능했으나 뒷면은 해석이 불가능했었다.

앞면 해석을 통해 지난 던전을 클리어했으니 이제 뒷면 해석이 남았다.

'저 뒷면의 해석이 이곳을 클리어하는 것과 중요한 연관이 있을 것 같은데.'

그러나 현재는 해석의 조건조차도 알지 못하는 상황.

'내가 놓치고 있는 것은?'

어쩌면 히든 던전을 클리어하고 있는 또 다른 사람들이 있지 않을까?

머릿속에 스치는 사람이 한 명 있었다.

'길잡이 홍경식.'

어쩌면 과거의 홍경식은 그만의 던전을 클리어했을 확률이 높았다. 이러니저러니 해도 홍경식은 그 당시 최고의 길잡이였으니까. 지금은 죽고 없지만 말이다.

'원래 홍경식이 클리어했었을 던전에서 저 지도의 해석 방법이 나왔던 건 아닐까.'

꼭 홍경식이 아니더라도 누군가가 혹시 모르는 누군가가 히든 던전을 클리어하고 있다면?

이 세 명의 히든 던전이 아탄티아를 가리키고 있었던 것처럼, 또 다른 누군가가 가지고 있는 단서들이 최후의 던전을 가리키고 있지는 않을까?

'연결 고리가 부족해.'

신희현이 입을 열었다.

"단도직입적으로 묻겠습니다."

그 대상은 이곳에 모인 플레이어 전원이었다.

"이곳에서 히든 던전을 클리어하고 있는 분이 있으면 조용히 손을 들어주십시오. 참고로 저는 이미 히든 던전을 클리어하고 있습니다. 고대와 관련된 던전입니다."

먼저 비밀을 터놓았다. 지금 와서는 그다지 의미 없는 비밀이기도 했다.

플레이어들은 웅성거리기 시작했다.

"히든 던전?"

"그런 게 있었어?"

"몰랐으니까 히든 던전이겠지."

"아…… 그럼 빛의 성웅은 히든 던전 덕분에 저렇게 강해진 거야?"

대다수의 플레이어는 히든 던전의 존재 자체를 제대로 몰랐다.

그러던 중 누군가가 손을 들어 올렸다. 신희현의 그쪽을 쳐다봤다.

'아……!'

왜 저 사람을 떠올리지 못했을까?

신희현은 자책할 뻔했다.

목소리가 들려왔다.

"빛의 성웅께서 아름답게도 먼저 자신의 패를 보여주셨는데 저 역시 가만히 있을 수는 없겠지요. 그것이 아름다운 미덕 아니겠습니까?"

"……."

신희현은 강현수를 쳐다봤다.

강현수, 행운의 대명사라 불리는 저 강현수라면 히든 던전을 발견해서 클리어하고 있을 확률이 매우 높았는데 어째서 생각을 하지 않았던 것일까.

"혹여 행운과 관련된 던전입니까?"

강현수가 가볍게 고개를 끄덕였다.

"덕분에 행운이라는 특수 능력도 생겼죠."

그렇다면 강현수가 누리는 그 기이할 정도의 행운들이 이제 이해가 된다.

행운과 관련된 히든 던전을 클리어해 왔다는 뜻.

강현수가 말을 이었다.

"지금 와서 히든 던전의 존재에 대해 밝히는 건…… 혹시 이 던전이 이름 그대로 최후의 던전이기 때문입니까? 이걸 끝내면 아예 끝나니까? 아름다운 종말이 되면 좋겠는데요."

"이곳을 클리어하는 데 도움이 될 거라 짐작되는 지도가 있습니다."

더 이상 숨길 것은 없었다. 최후의 보상 HAN을 얻으면 아마도 끝이 기다리고 있을 테니까.

"그 지도를 해석할 수 있는 도구나 수단이 없습니다. 어쩌면 인명 피해를 엄청나게 줄여줄 수 있을 겁니다."

강현수가 고개를 끄덕였다.

"그런 상황이군요."

모두의 시선이 강현수에게 향했다. 강현수가 인벤토리에서 무언가를 꺼내 들었다.

"이것이 도움이 될지 모르겠네요."

신희현의 눈이 조금 커졌다. 저것, 이미 알고 있는 아이템 아닌가.

'행운 상자다.'

과거, 강현수가 최후의 던전에서 한 번 꺼내 들었던 아이템이다. 미로 형태의 관문에서 저 아이템을 사용했었다.

강현수가 말을 이었다.

"이 아이템은……."

신희현이 대신 말했다.

"행운 상자겠죠."

"……."

강현수가 순간 움찔했다. 역시 빛의 성웅은 모르는 것이 없는 것 같았다. 이것의 이름까지도 알고 있다니. 그가 속한 팀인 아름다운 세계 내에서도 이것에 대해 아는 플레이어는 거의 없는데 말이다.

강현수가 고개를 끄덕이고 말을 이었다.

"이것을 사용하면 무작위로 아이템이 튀어나옵니다."

신희현은 확신했다.

'강현수는 행운 상자에 익숙한 태도를 보이고 있다.'

조작법에 굉장히 익숙해 보였다. 그렇다면 여기서도 의문의 퍼즐 한 조각이 생긴다.

'과거, 강현수는 저걸 어떻게 쓰는지 잘 몰랐었다. 쓰임새도 잘 모르고 있었고. 잘 몰랐던 눈치였었다.'

하지만 지금은?

'저 아이템에 대해 굉장히 잘 알고 있는 것처럼 보인다.'

마치 여러 번 사용했던 것처럼 말이다. 그러한 단서도 잡았다.

신희현이 말했다.

"그것을 이곳에서 사용하시겠습니까?"

"아름다운 일을 위해서라면 응당 동참하는 것이 아름다운 태도겠지요."

강현수가 행운 상자를 사용했다. 신희현이 행운 상자를 주시했다. 플레이어들도 마찬가지였다.

과연 어떤 것이 튀어나올지 그리고 그것이 과연 이 최후의 던전을 클리어하는 데 도움을 줄 수 있을지, 모두의 이목이 집중됐다.

'행운 상자' 속에서 뭔가가 튀어나왔다.

to be continued